SHANGHAI LITERATURE & ART PUBLISHING GROUP

故事会
精品系列

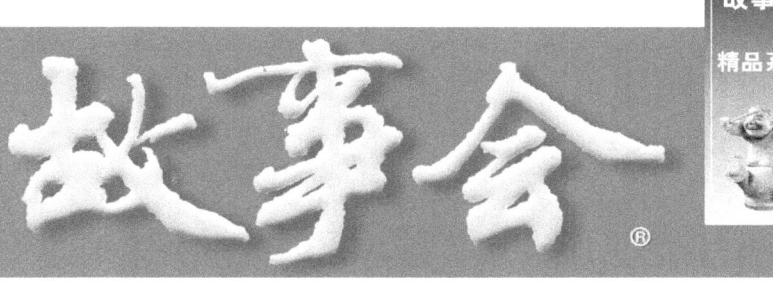

芝麻官故事

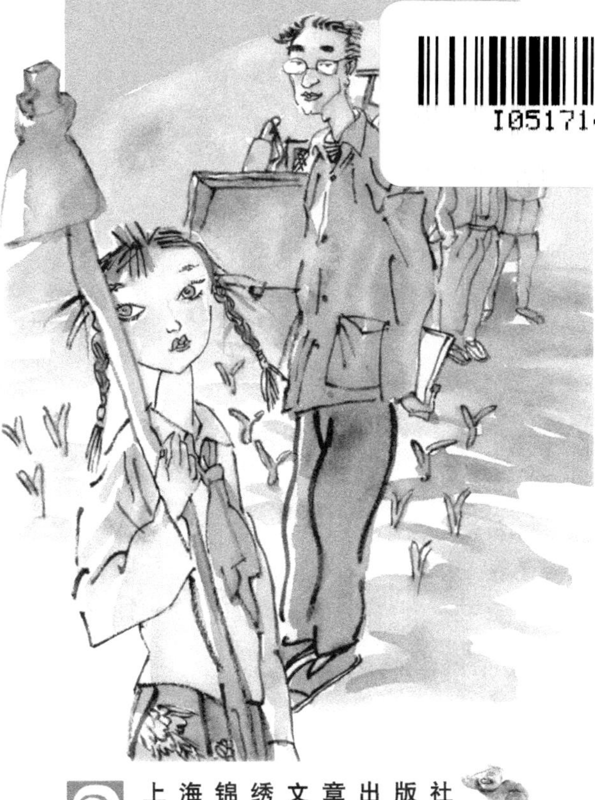

上海锦绣文章出版社
上海故事会文化传媒有限公司

上海文艺出版（集团）有限公司

图书在版编目（CIP）数据

芝麻官故事 《故事会》编辑部编 – 上海：上海锦绣文章出版社
（故事会精品系列） ISBN 978-7-5452-0185-7

Ⅰ.①芝...Ⅱ.①故...Ⅲ.故事 – 作品集 – 世界 Ⅳ.I14

中国版本图书馆 CIP 数据核字 (2008) 第 181325 号

丛 书 名：故事会精品系列

书 名：芝麻官故事

主 编：何承伟

编 委：何承伟 吴 伦 姚自豪 夏一鸣

责任编辑：刘迎曦 鲍 放

装帧设计：王 伟

责任督印：张 凯

出 版： 上海锦绣文章出版社

上海故事会文化传媒有限公司

POD 海外发行： 中国图书进出口上海公司

电话：021-36357888

传真：021-36357896

地址：上海市虹口区广中路 88 号

邮编：200083

目　　录

清风两袖

　局长拒酒 ………………………………… 2

　老鳖识途 ………………………………… 5

　书记盖房 ………………………………… 9

　院长蒙冤 ………………………………… 14

　嘎知县设计 ……………………………… 19

为民请命

　灵验的"菩萨" …………………………… 23

　闪光的憧憬 ……………………………… 27

　烦恼的樟树 ……………………………… 33

　乡长的沉浮 ……………………………… 39

　琥珀罢贪官 ……………………………… 50

长官意志

　"一把火"镇长 …………………………… 57

　浴室二重奏 ……………………………… 67

　院长拾垃圾 ……………………………… 72

　沉重的承诺 ……………………………… 77

　迟到的婚礼 ……………………………… 82

官运亨通

　局长宝座 ………………………………… 86

　河东河西 ………………………………… 90

　莫名其妙 ………………………………… 94

权官玩"火"

　初次上任 ………………………………… 97

　经理病危 ………………………………… 100

改名换厂 …………………………… 106

解纸风波 …………………………… 112

推销脐橙 …………………………… 117

气功打靶 …………………………… 122

权谋有术

烧掉的秘密 ………………………… 127

冒牌的书记 ………………………… 131

指纹打火机 ………………………… 138

有理说不清 ………………………… 143

一物降一物 ………………………… 149

清 风 两 袖

为官一任，造福一方；公仆之风，山高水长。

局长拒酒

　　胡局长从前是不喝酒的,只因岁数大了,经常闹点腰酸背痛的小毛病,听人说少量喝酒对身体有益,于是,就想学着喝点酒。

　　一天,胡局长在张科长家作客,张科长特意为他斟了一小杯酒,胡局长抿了一口,忍不住问:"这是什么酒?"

　　张科长笑道:"这就是本地产的荆江酒。"

　　胡局长又说:"味道很香的嘛!难怪一些人爱喝酒。"

　　说者无心,听者有意。张科长第二天就提着两瓶荆江酒上了胡局长的门。

　　胡局长很生气,说:"你这是干什么,要喝酒我不会自己去买吗?"

　　张科长笑笑说:"我知道您最看不惯请客送礼那一套。这酒就算是我顺路给您买的。"

"多少钱?"

"四块五一瓶,两瓶九块钱。您如果要给钱,什么时候给都行!"张科长说完就走了。

胡局长望着他的背影,笑着说:"这家伙真滑头!"想想也只是九块钱的事,于是就将酒收下了。

不久,李主任请客,也专门用荆江酒招待胡局长。

就这样,机关里的人都知道胡局长特别爱喝荆江酒。逢年过节,人人都只拎两瓶荆江酒去看望胡局长。

人们都说胡局长很廉洁,当了局长还喝这种廉价酒。

胡局长听人说他很廉洁,心情自然十分高兴。他与下属相处很好,并努力为他们解决许多实际困难。

后来,一位记者听说此事,写了篇报道在报纸上发表了。这下,胡局长的廉洁算是真正出了名。

不久,因工作需要,胡局长调到另一个县局担任局长。

这里的下属早就听说胡局长除了廉价的荆江酒之外,什么都不爱喝。于是,有求于胡局长时,也只买两瓶荆江酒送给胡局长。

一日,胡局长的老战友出差到此。

胡局长大喜过望,立即把老战友迎到了家中。胡局长知道这位老战友爱酒如命,可称"酒道老手",忙说:"你是贵客,无论如何我也要陪你喝几杯。"

老战友惊异地问:"你学会喝酒啦?"

"对!"

"好!你用什么好酒来招待我?"

胡局长笑着说:"好酒没有,我只让你尝尝我平时最爱喝的一种廉价酒。"说完,顺手拿过一瓶别人刚送来的荆江酒,给老战友满满斟了一杯。

老战友轻轻抿了一口,眉头紧锁,连连咋舌,说:"这是什么鬼酒,简直难以下喉!"

胡局长见老战友如此,疑惑地问:"真那么难喝?不会吧?"

"你自己喝喝看!"

胡局长端过酒杯喝了一口,"呸"连忙吐了出来。于是,又换一瓶新近收下的荆江酒,一尝,同样如此。胡局长颇觉尴尬,忙说:"现在的假冒酒实在太不像话了,我去拿一瓶正宗的荆江酒给你喝。"说着,走进屋里拿出一瓶先前局里同志送的荆江酒,重新给老战友斟了满满一杯。

老战友闻着那令人心醉的酒香,眉头舒展开来,一仰脖子,杯中滴酒不剩。

胡局长问:"这酒怎么样?"

"很好!"

胡局长感叹着说:"从前局里的同志送给我的都是真正的荆江酒,没想到这里的人送给我的都是假酒!"

老战友诡秘地笑着说:"你说得不对。应该说这里的人送给你的才是真正的荆江酒,从前局里的同志送给你的都是假酒!"

"什么,从前的是假酒?"胡局长不解。

"对。从前局里的同志送给你的都不是荆江酒,他们用荆江酒的瓶子,装真正的茅台酒。"

"什么,茅台酒?"胡局长大惊。

"这酒香我一闻就全明白了。"

"这……"

不久,胡局长正式宣布戒酒。

(刘国祥)

老鳖识途

　　兰德曲老师与妻子林芳结婚十五年,分居却已超过十二年。妻子在县城医院当护士,他则被分到乡下中学当生物教师。因为工作的关系,他对飞禽走兽、花鸟虫鱼都有独到的见解,发表论文二十多篇,多次被评为"教学能手"。然而他的人际关系知识处于小学生水平,所以尽管写了十八次申请,要求调回县城,解决与妻子的分居问题,但求来求去,县教委人事科领导还是四个字:研究研究。

　　最近学校要搞勤工俭学,兰老师有养鳖的一技之长,于是被动员"下海",整天在实验室的那口池旁与鳖作伴,与鳖共眠。

　　鳖,俗称王八,属一种有灵性的爬行动物。兰老师替单位养鳖二十多只,自己家中也养了一只,那只老鳖伴他十三年,兰老师给它取名叫"灵灵",并为它写过一篇得奖论文。至今兰老师那五岁的儿子常在灵灵脚上系一根线,牵着它走很远很远的路。

这天,兰老师一到学校就收到一封加急电报,打开一看,是妻子林芳所在的医院打来的,告诉他,林芳得了子宫癌,请他速去照顾。兰老师心急如焚,赶紧请假赶到县城医院。看着妻子瘦弱憔悴的脸庞,兰老师只会一个劲地流泪。

"哭啥,还不快去求求教委领导,赶紧调回县城伺候林芳,人命关天哪!"院长很同情这个穷老师,在一旁劝道。

"可他们老是研究研究哪……"

"真是书呆子,送点礼啊。"

"我一个穷教书的,哪有那么多钱送礼啊?呜呜……"兰老师说着说着竟大哭起来。

院长看不下去,拽起他的手:"走,我陪你去说说,我就不信他们是铁石心肠。"

县教委领导听完兰老师的哭诉,表示原则上同意他调进县城。院长怕不牢靠,又悄悄嘱咐兰老师赶紧送点土特产去,趁热打铁。

兰老师马不停蹄,赶紧回到乡下,可翻箱倒柜也没找到几个钱。咋办?赶紧再去学校借,可校长告诉他,学校经费太紧张了,连实验池里的那二十多只鳖都卖了,哪有钱再借给老师?

听到"鳖",兰老师眼睛一亮,县城家里不是还有一只老鳖?于是他又连忙往家赶。

踏进家门,他看到此刻儿子正在为灵灵解线儿,一边解一边哭。兰老师说:"儿子呀,真乖,你是不是准备送给爸爸急用呀……"

"不,我准备把它杀了,给妈妈熬鳖汤喝。"

兰老师一怔,抱住儿子的头呜咽起来,半晌才说:"儿呀,你舍不得它就别杀吧,让给爸,爸要用它送个人情,爸爸调回来就能伺候你妈了……"

儿子听懂了,点点头。

兰老师捉着老鳖,叩开了人事科夏科长的门。夏科长热情地接待了他,看见他手里的鳖,脸上刹那间乌云密布,由青转红,又由红转紫,生气地批评道:"你捉这东西是啥意思?"

"没、没别的意思,我只是想调、调……"

夏科长恢复了常态,口气缓和了一些:"没别的意思就好。我对你的处境很同情,不过,这事我一个人还不能决定,要教委刘主任、汪副主任、章副主任、马副主任、杨副主任点头同意才行。"

我的天,那该需要多少只鳖呀?兰老师差点昏倒。幸亏夏科长没要鳖,他拎着鳖,爬上二楼,叩开了杨副主任的门。

杨副主任收下了鳖,劝慰了他一番,并告诉他,教委领导都已明确表态同意调他进城。

兰老师出了一口长气,可紧接着又着急起来,还有四只老鳖,到哪里去筹集?他回到家里,烧饭做菜,端到医院喂给林芳吃,待林芳睡下,再回家时已是繁星满天。他太疲倦了,回到家时,脚下一滑,摔了一跤,爬起来一看:天,一只老鳖躺在门槛上睡觉呢。兰老师捡起来细瞧,竟是送出去没几个小时的灵灵,不由得热泪盈眶,嘴里连声说着:"灵灵,我们没白养你十多年呐。"

第二天,兰老师把鳖拎到马副主任的家。是夜,兰老师从医院回家,老鳖又爬回来了,它正用两只爪"叩"门呢!

连续几天,夜夜如此,兰老师靠这只有灵性的老鳖,依次走进了杨副主任、章副主任、汪副主任、刘主任的家。也真灵,老鳖送完了,县教委通知他去办调动手续。

第六天早晨,兰老师开门,老鳖又回来了。兰老师也习惯了,将老鳖放好,就去教委人事科,夏科长笑眯眯地把调动函递给他,并说:"请你今后再不要送鳖了,鳖也是有感情的动物啊!"

兰老师真是哑巴结婚——喜不可言。他抱着调动函，匆匆来到医院，把灵灵的故事告诉院长。院长说："你知道夏科长为啥不收鳖吗？"

"不晓得！"兰老师摇摇头，满脸疑惑。

"夏科长曾做过'王八'，"院长说道，"他的妻子是我院最漂亮的姑娘，曾跟县文办主任关系暧昧，所以夏科长一见人送他鳖，心里就反感。只是这鳖竟能天天平安地从几个主任家里逃出来，这就叫人费解了。"

两天后，兰德曲老师收到一封没署名的信，信是这样写的：

兰老师：

首先，我代表教委全体领导对你爱人的不幸患病表示深深的同情，并希望她能早日康复出院。

其次向你讲明，我们这些领导过去对你的申请调动延缓处理，解释得不够清楚。其实，县城各学校教师早已超编达两百多人，所以，尽管你确有实际困难，但一时也难以解决。

第三，也想告诉你，你的老鳖灵灵其实不灵，它不会循着你的足迹回家，更不会从五楼爬下来靠闻你的气息回家，是几个主任他们半夜把鳖放到你家门口的。当时他们若不收，怕你误解，以为调动一事又"黄"了，影响你安心照顾病人。此事本不想公开，只怕今后别的老师又照此送礼……

（李传洪）

书记盖房

　　柳林公社副书记老马最近突然提出要盖一所新房,而且选中了原先要盖幼儿园的那块地基。那地方前靠柳树林,后临荷花湾,景色宜人,交通方便,是全公社最好的宝地。

　　这老马平日是个坚持原则的人,这样一来,人们的议论可就大了:"别看他平时装得一本正经,到头来,还得谋私利!""还不是人家有权,不费吹灰之力,就把幼儿园的地基'捣鼓'到手了!"有的干脆骂上了:"真他妈的是什么风气!"

　　这些议论不知道老马是不是听到了,反正他是照样东奔西走,张罗着盖房。

　　他首先找到建筑队的高队长,说:"老高,咱是老战友了,这盖房的事,还得请你帮忙呵!"

老高一拍胸脯："没说的，你书记要盖房，还不是一句话吗！虽然材料有点紧张，不过，也不是什么大不了的事。"

老马说："材料嘛，我也想想办法，不能让你一个人为难啰！"

高队长一听，连声说："好，好！施工我包了，你就等着住新房吧！"

盖房的事说定了。

晚上，老马正考虑着明天得到几个地方去跑跑材料，突然，公社水泥厂的赵厂长一阵风似的走了进来，笑容满面地说："老马，听说你盖房子材料有困难，是吗？"

"是呀！水泥、石灰、砖头、木料，都还没准备呢。"

赵厂长说："别的不敢吹牛，水泥嘛，好说，我们厂有的是过期的！"

老马搔搔光光的秃脑袋，说："这盖房可是百年大计，过期的怎么能用呢？"

赵厂长靠近老马，轻声说："我是说，你按过期的付钱，货嘛，保证你满意就是了！"

"啊！"老马听到这里方才明白，"真难为你呀，想得这么周到！"

赵厂长前脚刚走，嚯！后脚又来了一大串，什么砖瓦厂的钱厂长，石料厂的孙厂长，联合工厂的李厂长，都不约而同地上门来了。他们对老马盖房十分关心，不但都表示可以提供砖瓦、木料、石头，而且全是价廉物美的"次品"、"等外品"。

老马见他们这样热情，十分感慨地摸着秃顶说："各位这样热心相助，真太感谢了。"

那些厂长们可真是说话算数，第二天，各种材料就陆续运到了工地。老马一看，各单位的汽车、拖拉机差不多全出动了，就别提心里多高兴了。

晚上，当他骑着车子回家的时候，忽然半路杀出一个"程咬金"来："站住!"

他抬头一看，原来是供销社主任老姜，人称"老犟"，同老马一起参加过淮海战役，负伤落残，成了瘸腿。不过他虽说腿瘸，可路走得正，平时见到不合章法的事，就是天神爷爷，他也要横鼻子竖眼的。因为他资格老，脾气犟，又爱管闲事，公社里不论谁，做了亏心事都得怕他三分。

老马一看是他，就想绕过去，可老犟把手中拐杖一捅，一副拼刺刀的架式："不许动!"

老马只好下车："嘿嘿，是老排长……"

老犟打断他的话说："马子，我问你! 你要盖房，是不是?"

"对，对!"

"看上了幼儿园的那块地基?"

"不错，不错!"

"材料都是买的次品?"

"有这事。"

老犟一听大怒："好小子! 亏你说得出口!"

"老排长，是这么回事……"

老马正想解释几句，哪知老犟挥着拐杖说："听着! 第一，把次品退掉。第二，换个地基。你听我的话，就跟我回家喝两盅，要不……"嗖! 老犟把拐杖抡到了老马秃头顶上，"要不，我把你这灯泡敲个窟窿!"

老马一看不好，"噔噔噔——啪"跳上自行车就逃。

老犟在后面捅着拐杖骂着："马子……你跑了初一跑不了十五……"

虽说老犟起劲地反对，可还是没有挡住老马盖房。房子提前破土动工了，老马在工地上这儿走走、那儿看看，一会扛木头，一会搬石头。他见丢了一块砖，"噔噔噔"跑去捡起来；见撒了一把水泥，"噗噗噗"双手捧起来；见脚手架有个地方不牢，"哧溜"——就爬上去加固。五十多岁的老头子,真有点老当益壮的样子。

那老犟呢,却是个黄米黏糕,黏上就甩不掉了。他一瘸一拐追到工地,拐杖直指老马的鼻尖:"好小子,你真干起来了?"说着,拐杖一抢,啪!水平线的细绳打断了;咚!刚垒上的新砖捅下来了;扑通!运石灰的小车掀翻了!

老马赶紧把他拖住说:"老排长,有话好说。走,到我家喝两盅。"

"喝你的酒,你老排长恶心!"说着,挥杖又要打。

高队长急忙上前又拖又拉,才勉强把老犟拖走。

老犟远远喊道:"我就不服羊角是弯弯,非拾掇你马子不可!"

老犟大闹工地之后,大伙都很担心,可老马照样笑呵呵地给大伙端菜、递烟、鼓舞士气。有些年老的师傅边干边说:"这老犟也太犟了,房子盖起来写个检查,不就完事了吗!""是啊,老马现在不盖房,将来退了休,垒个鸡窝也难呐!"

新屋很快落成了,老马又忙着办宴席。他买来了牛肉、羊肉、鲍鱼片儿,金针、木耳、黄花菜儿;泡上了蘑菇、湘莲干儿,备下了烧鸡、松花蛋儿。宴席就摆在新屋里,十分丰盛。他把公社的有关领导、主动支援的各位厂长、盖房师傅,统统请来了,连老犟,他也要请。

高队长一听,急了:"我看今晚就算了吧,他再来一场大闹,可就扫兴了!"

老马说:"我的老上级嘛,还是请他来吧。这个场合,他不至于抢拐杖,去吧!"

高队长推辞不脱,只好去叫。那老犟一听,拔腿就来了。

诸位,他可不是来赴宴的,他憋着一肚子火,要来个"席间开花"大闹一场!所以,当老马客客气气地喊他"老排长"时,他一声不吭,毫不客气地坐了上座。

酒宴开始，只见老马高高举起了酒杯，大声说："同志们，辛苦了！为了感谢大家的盛情帮助，来，先干一杯！"

大家一饮而尽，只有老犟手不沾杯、唇不沾酒，他在等待着火候，拍案而起呢！

老马向他笑了笑，又给大家斟了酒，说："喝了答谢酒，再喝第二杯道歉酒！"

大家一听，感到奇怪：道什么歉？连老犟也意外地仰起了脖子、瞪大了眼睛。

只听老马一板一眼地说："大家都知道，这地基划给公社直属单位盖联合幼儿园后，我就上水库工地去了，一去就是两年。这次回来一看，地基还是地基，一问才知道大家对盖幼儿园都不热心，这就逼得我'假私济公'，请大家帮我完成了任务。"

大伙一听，全都傻了。

老犟"腾"地跳了起来："好小子，你……你怎么不早说呢？"

老马一摸光头，说："老排长，我两次想告诉你，都差点被你那龙头拐杖敲了灯泡，我说不下去呀！"

"这……"老犟一时没词儿了。

接着，老马又掏出一个账本，把盖房所用的材料，一五一十念了一遍，然后说："这钱，请幼儿园去付吧，不过所有'次品'都要按正品付钱，不能让工厂吃亏。至于今晚的酒宴嘛，是我请客，大家可以开怀痛饮，一醉方休！"

老马又把一个个酒杯全部斟满，说："这第三杯酒，是告别酒，明天我就要退休回山区老家去了。临走之前，我想问大家一个问题：为什么幼儿园两年没盖成，一说帮我盖私房，不出十天就盖好了呢？"

一番话，说得大家更是大眼瞪小眼，不由得都思考起这既熟悉又陌生的问题来。

（冯蜂鸣　韩钟亮）

院长蒙冤

　　县法院王院长主持了一上午的会议,几件案情研究下来,已经十二点钟了。他感觉又累又饿,连忙蹬车回家。

　　他把车子放在楼下过道里,然后上到四层楼,只见妻子脸色铁青,正站在门外生闷气。

　　他忙问:"怎么回事?"

　　"你去开门吧!"妻子闷声闷气地回答。

　　他掏出钥匙,却塞不进去。低头一看,发现锁孔里塞满了泥土。他大感惊异,连说:"怪事! 怪事!"

　　"怪什么怪? 早叫你不要干这个引人恨、讨人嫌的差事。这不,人家找上门来,小字报也贴到家门上了。"

　　"什么小字报?"

"还不让我撕了!"

他低头看到地上的碎纸片,忙拾起来,过了一会儿,竟一张张地拼好了。原来是两句顺口溜:"大盖帽,两头翘,吃了原告吃被告!"他把它夹进了笔记本。

可眼前最迫切的问题,是如何进屋。这防盗门也特牢,四周的长螺丝钉全用水泥固定在门框上,非得用铁钻子钻开厚厚的砖墙,或者用电焊把防盗门划开一个洞不可。两口子焦头烂额,一筹莫展。

这时他们读小学五年级的儿子水星回来了,直嚷肚子饿,过道里便更热闹了。

王院长一家被关在门外遭难,惊动了本单位的人,都来关心,但谁也想不出好主意。

胖胖的刘副院长说:"有办法了! 来两个小伙子,跟我到附近建筑工地去借一架长梯子,从后阳台爬上去,从里面把锁卸下来。"

刘副院长走出宿舍大院,正碰上县消防大队从城外演习归来,消防车前高耸着的升降梯启发了他,他连忙拦住车辆。消防队长和他是熟人,就把消防车开了进来。

周围群众以为法院宿舍失火,都拥来看热闹,一时人头攒动,挤得水泄不通。

折腾了好一阵子,王院长一家才进了屋。妻子要上班,儿子要上学,来不及烧饭,母子两人只好到外面小食店去吃了点东西。

临走的时候,王院长才注意到儿子浑身尘土,衬衣扣子也掉了两颗,显然是和别人打了架。于是,他将儿子叫到跟前,问是怎么回事。儿子说:"刚到学校插班,有人想欺侮我。我才不怕哩! 我说当心我爸爸把你抓了去……"不等儿子说完,王院长喝住他:"不要光说别人欺侮你,你的老毛病我知道,要和同学搞好团结。"

王院长此刻没有心思同儿子多说,他把儿子打发上学去以后,只觉得心里堵得慌。他看着墙上自己手书的座右铭:廉生公,公生明,明生威。自己从区里上调到县法院才一个多月,究竟有哪点不廉、不公、不明,才让人找上门来拿锁孔出气呢?

想着想着,王院长慢慢冷静下来:反正是有人积了一肚皮怨气,找不到地方出,就往这锁孔里出。这个人可能对我有气,也可能对法院有气。自己是一院之长,自然会找上自己门来。

当天下午,王院长召集全院干部开会。他让大家看了那张拼贴好的小纸条,并表示一定要带领大家严肃认真清理本院以往的积案、悬案、冤案,要用行动和事实,让那些骂大盖帽的人出怨气。如果查出了确有那种该挨骂的人,绝不姑息!

根据大家提供的线索,法院组织力量,对那些拖得最久、群众反应最强烈的案子,一件件查阅档案,然后依轻重缓急排出顺序,进行调查和处理,很快了结掉一批案子。特别是对原来判处过轻的、一位副县长的儿子伤人致残的案件,依法作了改判;又根据检察院新提供的证据,对原来免予起诉的县建设银行信贷股长的贪污案,重新立案。这一系列举措,在全县引起震动。

这天,王院长又忙到很晚才下班骑车回家,上到四层楼,却见妻子和儿子又被挡在门外,锁孔又被堵住了!深绿色的防盗铁门上,这回有人用粉笔写了和上次同样的两句顺口溜。

少不了又一番折腾。

王院长感到困惑:为什么老有人指着自己的鼻子骂"吃了原告吃被告"呢?这时,妻子正闷闷不乐地看电视,剧中人物突然冒出一句:"你老兄棋高一着,走'夫人路线',马到功成。"

王院长心里"咯噔"一下,若有所悟。他把电视音量开小,一本正经地问妻子:"咱们进城以后,有没有什么人来和咱们家套近乎、拉关系?"

妻子奇怪地看着他，摇摇头说："没有呀！我从区里调上来，本单位的人还没有完全认识哩！"

王院长见妻子没明白他的意思，又道："我是说我没在家的时候，有没有人来送礼啊什么的？"

"呵，你是说有人从我这里走'夫人路线'呀？"妻子这回听出了丈夫的话音，不由提高嗓门道，"院长大人，不知道你得罪了什么人，挨了骂，却往我身上怀疑。我是那种人吗？当初要不是看到你为人正派，我会嫁给你吗？"妻子越说越火。

虽说妻子越说越发火，可王院长心里反倒感到踏实了，免不了对妻子一番好言好语。

然而，王院长家里两次锁孔被堵的事，很快在社会上传开了，而且越传越离谱。有人说，有人到王院长门上贴大字报，揭发他对原告、被告双方敲诈勒索，贪污了好几万，已经被告到省里，上面派人来调查了；还有人说，亲眼看到王院长被抓了，被押上吉普车的时候，还穿件长袖子衣服把手铐捂着，过去给别人戴"大手表"，现在自己戴上了。

妻子把听到的这些话回家一说，王院长听罢哈哈大笑，说："这笑话编得真有水平，比听相声还过瘾。"他感叹道："自古清官难当。东汉时候有个清官名叫第五伦，得罪了权贵，他没有哥哥，却被人诬告同嫂嫂通奸，这不也是笑话？身正不怕影子斜，由人家说去吧！"

又一天下午，他回家比较早，走到家门口，看见一个小孩正靠在门上干什么。他问："你是谁呀？"

那孩子慌忙回过身来，王院长一看，原来是儿子水星的同学，过去到家里来过。那孩子一见是水星的爸爸，一双手直往后身缩。王院长起了疑心，拉起孩子的手一看，是一团泥，再看锁孔，已经塞进了一些。

王院长非但没有恼火，反而在小家伙的头上轻轻拍了一下，哈哈笑道:"终于抓住你了。你为什么要这样做?"

那孩子低着头,不说话,一侧身就想溜。

"别跑别跑,我不会打你骂你。你告诉叔叔,为什么要这样做? 前两次也是你做的吧?"

那孩子一扬头,瞪着眼说:"你家水星在班上欺侮我。动不动就说:我爸爸戴大盖帽,好威风。他骂我爸爸是臭摊贩,他说你只要一生气就抓臭摊贩去坐牢!"

"噢! 这么凶? 你写的顺口溜是谁教的?"

"我爸爸有本厚书,那上面写的,我爸爸常常念。"

王院长抚着孩子的头,对他讲:"我叫水星给你道歉,我还要批评他。以后你们好好团结,有意见当面对我说,不要堵锁孔了,好吗?"

孩子一低头,小声道:"叔叔,我错了!"

看着孩子下楼的背影,王院长陷入了沉思:自以为又廉又公又明,实际上对自己儿子的行为就不明;儿子在外打着自己的牌子欺侮人,是不公。不明不公,又怎能做到真正的廉呢?!

(陶世琼)

嘎知县设计

　　传说在清朝乾隆年间，冀州衡水县衙，有一任七品县令，小名叫嘎子，是位耿直公正、为民办事的清官。他办起事来也带着嘎劲儿，因此，百姓都称他"嘎知县"。

　　嘎知县在任时，经常微服私访，体察百姓的疾苦。一天，他乔扮成一个占卦先生，跨过安济石桥，走进问津街一家茶馆，叫了一壶清茶，边饮边听茶客们的议论。正听得有趣，忽听茶馆对面盐店里传来争吵声。嘎知县隔窗望去，只见一个买盐的老农正和盐商在争吵着："你称的这盐，为什么不足十斤？""你眼瞎了不成！这秤杆明明抬着头呢，穷不起了怎的？"

　　坐在嘎知县桌旁的茶客们都愤愤不平："这缺德盐商，卖盐总是短斤少两！""奸商通官府，哪个惹得起！"

嘎知县把这些话儿暗暗记在心中,付了茶钱,起身走了。他走街串巷,经过一间磨棚时,突然听到从里面传出怨恨的话语,嘎知县立即停住脚步,悄悄站在窗下,侧耳细听起来。

磨棚里说话的是一对六十多岁、无儿无女的老夫妻,他俩正在推磨。只听老汉气愤地说:"大家都说这任县太爷是个清官,俺就瞧不起这嘎小子!"老婆婆接口说:"咱俩做了一辈子豆腐,推了一辈子磨,腰都累弯了,到老还是穷得屁股让瓦盖着。啥时能让咱用上一头驴,咱就尊他是青天大老爷!"老汉冷笑一声说:"千里做官只为财,谁会管咱黎民百姓的死活!""哎呀!小声点,当心隔墙有耳。被人听了一告发,咱俩可就活到头了……"

嘎知县听到这里,哑然失笑,转身回衙去了。

第二天,老夫妻正气喘吁吁地在推磨,突然,闯进来两个衙役,不由分说,用绳子将两人捆绑起来,押到县衙大堂上。

"啪"嘎知县一拍惊堂木,竖眉横眼,大喝一声:"大胆刁民,竟敢亵渎官府,还不从速招来!"

老夫妻俩哪见过这种场面,吓得战战兢兢,不知所措。过了一会,老汉定了定神,回答说:"回禀老爷,不知小人身犯何罪?"

嘎知县说:"你们昨天夜里推磨时辱骂本县,还想抵赖?"

老夫妻俩一听,无言可说,只好磕头求饶:"万望大老爷恕罪!"

"既知犯罪,认打还是认罚?"

"认打怎样,认罚如何?"

"认打,打死!"

"认罚呢?"

"认罚,买一斤盐来!"

老夫妻思忖,穷虽穷,买一斤盐还买得起,便到盐店买来一斤盐呈上去。

嘎知县用衙内公秤称过,见差半两,便又喝问:"为何不足一斤,欺骗本县?"

"小人从盐店买来,原封未动。"

嘎知县下令传唤盐商。一会儿,两个衙役将盐商和他那杆称盐的盘秤一并带上堂来。

嘎知县拍案喝问:"大胆奸商,卖盐短斤少两,欺骗百姓,还不快快招来!"

"回禀老爷,小人行商,买卖公平,童叟无欺,何曾欺骗百姓?"

嘎知县拿出老汉买的盐,用盐商的秤一称,果然整整一斤。

盐商脸上显出得意的神色,说:"此秤乃县衙监制,标有印记,已传用三代了。"

嘎知县仔细端详此秤,上面果然标有县衙印记。他略作沉思,忽然想起知县印章乃皇封金印,重量整整一斤。于是,他把知县大印放在盐商秤上一称,却是一斤多出半两。再看此秤盘底,原来多镀了一层锡。

证据掌握了,嘎知县拍案大喝:"大胆奸商,竟敢弄虚作假,欺骗百姓;又在本县面前强词狡赖,该当何罪?"

盐商见露出马脚,吓得磕头如捣蒜,连连求饶:"小人有罪,小人有罪!下次再也不敢了!"

"认打,还是认罚?"

盐商贪财如命,宁愿受些皮肉之苦,也舍不得罚金。因此他说道:"认打。"

只听嘎知县大喝一声:"拉下堂去,打死喂狗!"

盐商一听,吓得屁滚尿流,急忙哀求说:"老爷别打,我认罚,认罚!"

"认罚?罚你立即买一头大驴子来。"

盐商牵来一头又肥又壮的大驴子。嘎知县把缰绳恭恭敬敬地交给老夫妻,温和有礼地说:"两位老人家,日后就用这头驴拉磨度日吧。"

老夫妻忙给嘎知县磕头谢恩,欢天喜地地牵着驴子回家去了。

(张洪林 整理)

为 民 请 命

当官不为百姓鼓与呼,不如回家卖红薯。

灵验的「菩萨」

　　小柱娘害病一年多了,家里穷,屋里能变钱的东西都卖了来治病,可是小柱娘的病还是不见好。

　　后山顶上有座清静寺,清静寺里有尊菩萨,小柱常听大人说,菩萨灵得很,求啥应啥。

　　这天,奶奶为着媳妇的病,带上小柱,上清静寺求菩萨。祖孙俩,小柱在前拉着奶奶的拐杖,奶奶在后佝着背,踏着古老的石阶,一步一步向山顶攀登。

　　爬了一半,小柱说:"奶奶,俺爬不动了。"

　　奶奶说:"不许说爬不动,心不诚,你妈的病好不了。"

　　祖孙俩千辛万苦爬了大半个上午,总算爬到了清静寺。

　　进了大殿,小柱不敢抬眼望那龇牙咧嘴的十八罗汉:"奶奶,俺怕。"

"打嘴!"奶奶瞪了孙子一眼。

来到一尊遍身金黄的大佛面前,奶奶点燃一炷香,恭恭敬敬地把它插在香炉里。

小柱惊恐的眼睛抬向这尊大佛,渐渐地不怕了。这尊大佛胖乎乎笑嘻嘻的,跟他前年死去的爷爷一模一样。小柱见奶奶跪在蒲团上,自己也"扑通"跪下了。

奶奶双手合十,两眼微闭,扁瘪的嘴里念念有词:"菩萨佛爷,俺媳妇病了一年多,家里没钱治病,求大慈大悲的菩萨佛爷,保佑俺媳妇平平安安,身子快好。俺媳妇病好了,俺跟小柱都有救了。阿弥陀佛!"

下山的路上,小柱问奶奶:"奶奶,菩萨能治好娘的病?"

"能!"奶奶笑盈盈地说,"菩萨心善,求啥应啥,早几年,奶奶犯了病,上山求了菩萨,病就好了!"

回到家,奶奶走到床边,对躺在床上骨瘦如柴的媳妇说:"阿英,俺上山求了菩萨,你的病快好了,安心躺着吧。"

媳妇望着婆婆,忍着悲伤哀求道:"娘,俺的病……医生说要住院开刀……你还是问大哥借……借三百块钱吧……"

"俺昨晚上去了,你大哥说……说没钱……"

媳妇长叹一声,痛苦地闭上眼睛。

小柱眼中含泪,他害怕娘真的会死。

他忽儿一想,对,写信问菩萨借三百块钱,奶奶不是说"菩萨心善,求啥应啥"嘛!他一抹眼泪,从书包里翻出笔和纸,趴在床沿上写起来:"敬爱的 Pú Sà 爷爷(菩萨两字他不会写,就写上拼音),俺娘生病一年多了,家里没钱给娘治病,娘要是死了,俺跟奶奶就没人养了,Pú Sà 爷爷,俺问你借三百块钱给娘治病,好吗?俺长大了,养兔子卖钱,一定还你。"

小柱写好信,糊了一个信封,在信封上写下"Pú Sà 爷爷收"。

镇邮电所紧挨在小学校旁边,小柱第二天上学,从袋里摸出几分舍不得花的压岁钱,买了一张邮票贴上,将信投进了邮箱。

邮电所分检员是个小伙子,他哈哈大笑地把这封笔迹歪歪斜斜的信交给了所长。

所长是个孤老头儿,快到退休年龄了,他有个弥勒一样的大肚子,因此所里的年轻人都喊他"弥勒所长"。弥勒所长见过数不清的信,可就是没见过这封外文加中文的信,他问分检员:"英文你认识?"

"这不是英语,是拼音,拼出来是'菩萨'两字,写给菩萨爷爷的。小小孩子就这般迷信……"

弥勒所长"嘿嘿"笑起来:"迷信?不、不,我真希望自己也有这孩子一样的纯真和自信。你说,世上还有谁能这么热情跟菩萨通信?"

分检员两手一摊,为难地说:"可这封信怎么投递呢?"

这句话把弥勒所长问住了。是啊,怎么投递呢?

弥勒所长挺着个大肚子,手托腮帮,在办公室踱了一圈。他有了主意:为了不使孩子童心遭到失望和打击,他决定自己来给孩子回一封信。

当他把信拆看之后,才明白原来是这么回事。

当天,弥勒所长把几个年轻人召集在一起开了个会。会上,弥勒所长把小柱的信念给他们听了,并且谈了自己的想法。几个年轻人一听,拍手称好,都一致赞同弥勒所长的善举。于是,捐款开始了,弥勒所长捐得最多,捐了两百元。

凑齐三百元之后,弥勒所长亲自执笔给小柱写了封回信,落款是众 Pú Sà 寄。

放了学,小柱在邮电所门前转了好一会儿,他红着脸向那位分检员问道:"叔叔,有俺的信么?"

分检员笑而不答,他把小柱领到弥勒所长跟前。

"给菩萨爷爷的信是你写的?"弥勒所长面容温和地问。

"嗯。"小柱局促不安地应了一声。

弥勒所长将三百元钱小心地装进小柱的旧书包,说:"这是菩萨爷爷寄给你娘治病的钱,菩萨爷爷说,这钱不用还了,你娘的病要是治不好,叫你再给他写信。记住了吗?"

"记住了,菩萨爷爷真好,俺回家告诉娘跟奶奶!"小柱像只树林子里的鸟儿,一阵风飞走了。

分检员转向老所长,忽然不安地说:"我们这样做是不是搞迷信活动?"

"亏你是个读书人,连这点是非界限都弄不清? 嘿嘿嘿,今日菩萨同我为伴,佛在心中,多多行善,修成正果……"说完,弥勒所长右掌放在胸前,一哈腰,"阿弥陀佛……"

几个年轻人都被老所长的举动逗笑了,个个笑得像菩萨,弥勒所长笑得最像!

(从　丛)

闪光的憧憬

　　深山乡的肖乡长,因为平日里性情乐观,笑口常开,人称笑乡长。最近有消息透露,县里已把深山乡作为先进集体推荐到了省里,这一来,肖乡长笑得更欢了。但是,十二月的一天,肖乡长的笑脸拉长了,为啥? 原来他刚刚接到县政府办公室打来的电话,说是省里领导第二天要到深山乡来检查工作!

　　这年头,研究研究就得有烟酒,考核考核就得有吃喝! 可是招待费从何而来呢? 这些年,深山乡为了建造高标准的办公楼,不但花光了乡里历年积余的资金,还刮尽了全乡企业的家底。眼下又正值青黄不接的年底,一时间真是一分钱憋死了英雄汉!

　　回到家里,肖乡长坐立不安、吃喝不香。就在这时,他的小外孙女背着书包放学回家来,望着蹦蹦跳跳的外孙女,肖乡长的眼睛一亮:真是天无绝人之路,有办法啦!他一扫满脸的愁云,快步朝乡小学奔去。

在乡小学,肖乡长找到了校长白一藩。白校长今年五十九岁,几十年繁重的教学生涯,使他满头的黑发变成了白发。白校长见肖乡长神色匆忙,忙问有啥事,肖乡长没有正面回答,先从全乡的荣誉讲起,再讲省里领导要来考核,再讲到眼下乡财政的困难状况。最后,肖乡长话锋一转,点出了他此行目的:"几天前,你们学校不是刚收到县教育基金会拨过来的一笔钱吗?我来是想和你商量,能不能把这笔钱先让乡里用?"

肖乡长话音刚落,白校长就急得大嚷起来:"那可不行!要说困难,全乡有谁比我们还困难?这些年,我们向乡里打了多少报告,你给过我们一分钱吗?乡里钱多了,你们宁可拿去造高级办公楼……现在我们求爷爷告奶奶,好不容易从县里争取到几千块钱,你倒打起这钱的主意来了。我坚决不同意!"由于激动,白校长的脸涨得通红,满头的白发似乎根根竖了起来。

肖乡长见此情景,知道再跟他说也是白费劲,于是屁股一转,便直接去找乡小学的会计,那会计原是在乡政府打杂的,由于肖乡长的关系才当上了小学的会计,所以肖乡长一说,他不但马上同意,而且还当场去银行把那几千块钱转给了肖乡长。

有了钱,肖乡长"活"了。他亲自调兵遣将,部署起准备工作来。谁知在肖乡长忙得不亦乐乎的时候,白校长气鼓鼓地找到乡政府来了:"肖乡长,你怎么可以绕过我,把那笔钱拿走?"

肖乡长见白校长情绪很激动,嘴巴一咧,便打起了哈哈:"白校长,出此下策,我也是不得已而为之呀!不过话也得说回来,这钱现在让我用,也是用在刀口上么!"

"刀口上?"白校长的声音有些发颤,"你知道吗?我们学校,有多少教舍需要维修?有多少教具需要添置?别的不讲,单是那堵随时都可能倒塌的围墙,就让我的心时时悬在喉咙口呀……"

"好啦好啦，"肖乡长急于要打发走白校长，"这样吧，等我们乡评上省先进后，乡里加倍还你这笔钱，怎么样？"

白校长无奈地叹了口气："我也知道，这钱既然已经落在你的手里，现在要全部讨回来是不可能了。可是明天，我们请来修围墙的工程队就要来了，你是不是先退还一千块给我们应应急？"

见白校长的口气软了下来，肖乡长干脆来了个横门闩，"白校长，这不是谈生意？你就别再讨价还价了！"

白校长碰了一鼻子灰，气得一跺脚，转身朝外走去。

第二天一大早，肖乡长派专人赶往省城迎接领导，自己则等在乡政府里恭候。就在他望眼欲穿的时候，一辆沾满尘土的面包车在乡政府门口戛然刹住，车门打开，几位气度不凡的人从里头走了出来。最后那位，肩上还扛了架小摄像机："这儿是深山乡政府吧？我们是从省城来的……"

肖乡长奔了上去："欢迎，欢迎！欢迎你们来我们乡里考核！"

"考核？什么考核？"来人露出了诧异的表情，他指着其中一位有点年纪了的高个儿介绍说："我们是省教委的，他是刘主任。"

一听说对方是省教委的，带头的还是主任，肖乡长不由暗暗叫起苦来。看来，白校长已经向省里告了状，连主任都惊动了，要是等会省里来考核的人和他们碰在一块，那不是要出大娄子？

肖乡长惴惴不安地把刘主任一行迎进乡政府，正不知该如何应付这个场面，刘主任却笑眯眯地开口了："肖乡长，我们这次来，是专门来看你们乡小学的。你是不是先介绍一下，你们乡政府在办学中都做了哪些工作？等会儿，我们再到学校去实地看看，还要拍实况录像。"说到这里，刘主任冲肖乡长意味深长地笑了笑,"肖乡长,你们乡小学的情况,在目前可是很有典型意义呀!"

完啦完啦!听了刘主任的这番话,肖乡长全身都发软了:没想到这次撞到了枪口上,碰上抓典型的,这壶辣汤有得喝喝了!肖乡长定定神,咬咬牙,为了争取主动,只得硬着头皮先作起了自我检查:"这几年,我们乡政府对学校的工作没有抓好⋯⋯"

"嗳,不要谦虚嘛!"肖乡长的话刚开头,就被刘主任打断了,"要实事求是,有成绩,就应该肯定嘛!你们把一个乡小学办得那么好,六层楼的教学大楼,多功能的运动操场,还有⋯⋯连围墙都造得那么漂亮,这是多么了不起的成绩!在教育还没有得到足够重视的今天,你们能把一个乡小学办成这样子,这是多么难能可贵啊!"

这一来,肖乡长真是面粉煮稀粥——糊透啦!随刘主任一起来的几位,见肖乡长还是谦虚地不肯介绍经验,就从包里拿出几张稿纸,肖乡长拿过来一看,这才恍然大悟。

原来不久前,省教委为了纪念教师节,向全省教师发起了"我和我的学校"的征文。在众多的应征文章中,他们发现有篇来自深山乡小学叫潘成贞写的文章,说他们的学校有现代化的六层教学大楼,有多功能的操场,有花坛,有漂亮的围墙,还有⋯⋯看了这篇文章,大家都觉得一个乡小学能办成这样,确实了不起,很有推广的价值,于是刘主任亲自带队,特地来检查取经。

此刻,肖乡长一边看文章,一边在心里直骂那个叫潘成贞的人,看眼前这架势,他是没法再"谦虚"了。最后,被逼急了,他只得硬着头皮带着刘主任他们去乡小学。

踏进校门,刘主任他们便被眼前的情景惊呆了:展现在眼前的校园,哪有什么现代化的教学大楼和多功能的运动操场?整个学校破旧不堪,上课的教室又低又暗,门窗破损,课桌不全,小操场地面高低不平,东一个坑、西一个洼,根本不能进行体育活动。老师的办公室也惨不忍睹,因为前几天刚下过一场暴雨,那全是漏洞窟窿的屋顶上,这里遮了只尼龙袋,那里压了张旧雨披,活像一件缀满了补丁的破衣裳。望着这一切,刘主任脸上的表情发生了急剧的变化……

这时候,白校长闻讯赶来了。又气又恼的肖乡长总算找到了出气筒:"白校长,你们学校里有没有一个叫潘成贞的老师?"

白校长一呆:"有……"

"他怎么能不顾我们乡小学的实际情况和客观困难,往省里头写虚假的文章?我倒要问问他,他为啥要这么干?你快去把他找来!"

白校长平静地笑了笑,说:"不用找,他已经来了。"

肖乡长一怔:"来了?他人呢?"

白校长朝前跨了一步:"鄙人就是。"

"你!"肖乡长无论如何没有想到,那个让自己出尽洋相的"潘成贞",原来就是眼前这个瘦瘦小小的白发校长!

就在这时,刘主任开口了:"白校长,你的文章和实际情况差距太大了。"

白校长的眼眶红了,他望了望刘主任,又望了望肖乡长,缓缓地吐出了自己的心声:"30 年前,我刚分配到这个学校时,面对破旧的校园,我就有了一个强烈的信念。那就是:总有一天,这学校会变得像样起来!可是 30 年过去了,学校却一点都没变——不,它变了,变得比以前更破更旧了。在这 30 年里,我不知写过多少报告,发过多少呼吁,可是又有谁来关心呢?我的愿望,我的憧憬,只有在我的梦里才能看到……"白校长的声音哽咽了,"我今年已经 59 岁,再过几个月,我就要退休了。我知道,我的梦想是再也不能在自己的手里实现了,于是在写那篇征文时,我情不自禁地把我的愿望、我的憧憬全写了进去……文章署名'潘成贞',就是'盼成真'的意思。我是盼望,有那么一天,我的这些幻想能够成真呵!"

四周一片寂静,只有掠过树梢的风儿,似乎越刮越大了……

突然操场那边传来了同学们的唱歌声……由于操场上到处都是坑坑洼洼,只有靠围墙边的一只角才稍平整些,一群小同学这会儿正挤在围墙旁边跳牛皮筋。而这段围墙,恰恰是原定今天要让建工队来修建的最危险的那段。

见这险情,白校长的脸"刷"地一下发白了!"危险!快跑开!"白校长一边大声地喊,一边不顾一切地向那围墙奔去。

可是已经迟了!不知是因为风越刮越大,还是孩子们慌乱中有谁撞着了墙体,那段摇摇欲坠的围墙,就在这时发生了倾斜。眼看砖砌的墙体就要砸在孩子们的身上了,说时迟、那时快,白校长一个箭步冲了上去,用自己两条并不壮实的胳膊,死死地撑住了那即将要倒下来的墙体!刘主任和肖乡长他们也紧跟着冲了上去……许多条胳膊,像许多根支柱,撑住了那堵危险的围墙——孩子们脱险了!

肖乡长松了口气,真要出什么来,他难咎其职啊!他转眼看了一眼白校长,他发现,两行滚烫的泪水,正从白校长的眼里落下来……

（王根龙）

烦恼的樟树

　　大树村是个不大不小的村庄,它坐北朝南,背靠大青山,面对白砂河,可说是山清水秀,景色迷人。尤其引人注目的还是村口那棵大樟树,它像个威武而忠于职守的卫士,在河边那块平地上挺立了许多许多年。

　　不过大樟树毕竟年岁大了,显得有点老态龙钟,浑身上下伤痕累累。但村里人还是很喜欢它,人们常在这大树底下开会、议事、乘凉、游戏。更有意思的是,村里不少人名儿里都带个"樟"字,樟金、樟琴、樟妹、樟豪、樟鸣、樟文,等等,就连现任村党支部书记的大名,也叫林樟生。

　　这一天,村里响起了"咣咣咣"的锣声,通知召开全体村民大会。

村民大会的地点在大樟树下。大概事先人们已经风闻今天的大会关系大樟树的生死存亡，所以来的人特别多。林樟生见人已基本到齐，就往石墩子上一站，说道："父老乡亲们，现在我告诉大家一个好消息，国家为了让我们更快地富起来，决定在这里修一条公路，还要在我们村口造一座大桥。当然，要建设就会有牺牲，旧的不去，新的不来么！经过勘察，要造桥就得砍掉这棵大樟树。是的，我们和这棵大樟树有深厚的感情，说心里话，我也舍不得，大树底下好乘凉嘛！可是为了咱们大树村的明天，为了子孙后代，我们只有忍痛割爱！我想，如果大樟树有灵的话，它肯定也会举手赞成的！"

林樟生话音一落，响起一阵热烈的掌声。林樟生很高兴，心想：砍大樟树肯定有人会反对，我何不趁热打铁，来个举手表决，让反对派今后无话可说？想到这里，他挥挥手说："我的话讲完了，下面进行表决，同意砍树造桥的请举手。""刷"地一下，许多只手都举得高高的。一些随大流的人，见旁边的人举了手，也陆陆续续地把手举了起来。

就在这时，从村里走出个人来，大声喊道："砍这大樟树，我坚决反对！"听他这一喊，许多举着的手又都缩了回去。

来人是谁？他名叫周长生，今年六十五岁，是大树村连任35年的党支部书记。35年来，老支书廉洁奉公，不谋私利，在村民中具有很高的威望。只是由于健康的原因，他才两年前把担子交给了林樟生。担子交了，位子也让了，但他总感到不大放心，对村里的事总得过问过问。说来也怪，任何棘手的事，只要他一出场，肯定迎刃而解，因此，大家都称他是大树村的另一棵大树！

老支书近来心脏不好，一直卧病在床，但对砍树的事已有风闻。他原想：这么大的事，林樟生一定会来跟他商量商量，谁知本来一天去看他一次的林樟生，居然两天不露面。今天得知开村民大会,他哪里还耐得住,拐棍一拄就赶来了。

老支书的突然出现,让林樟生吃了一惊。林樟生知道,这砍树的事,老支书这一关难过,但又不能不过。他原想趁老支书生病,来个先斩后奏,可谁知偏偏在这节骨眼上老支书"杀"上场来了。这可怎么办呢?林樟生愣了一下,随即跑上前去扶住老支书说:"您老怎么也来啦?""不是开村民大会吗?怎么,我不能来?""不、不,您老别生气,有话慢慢说。""我当然要说!"

老支书反对砍大樟树是有原因的。只见他气呼呼地来到大樟树下,语重心长地对全体村民说道:"你们是否还记得,当年日本鬼子进村杀人,是这棵大樟树救了你们的父辈;1958年,一场特大的洪水将我们村给淹了,要不是有这棵大樟树,恐怕村里多数人早就喂鱼了!如今,我们可千万不能好了伤疤忘了疼,忘了大樟树的救命之恩啊!"

林樟生听了老支书这番话,知道事情麻烦了,但他还想挽回局面,说:"老支书,您讲的话都对,您说的事我们也没有忘记,可是为了修公路,为了造桥,为了……"老支书打断他的话说:"你别讲了,谁想砍树都能讲出十条、八条理由。记得大炼钢铁时也有人主张砍这大樟树,说什么砍了它可以炼多少多少铁。我说,炼铁?就是能炼出金子来也不砍!当时许多人为我捏一把汗,但实践证明我是对的。今天你们想打它的主意,哪怕有一千条理由我也不同意,要砍树先砍我!"老支书说完,扬长而去。

生姜毕竟老的辣!老支书三拳两脚将林樟生的梦想捅了个粉碎。不过,林樟生不肯就此罢休。当天下午,林樟生跑到老支书家里,"叭"一下跪倒在床前,说道:"老支书,我求你点个头,因为上级已经传下话来,如果再不定下砍树的决心,这桥就只能造到十里路外的青山渡口去了,那么公路也就会随之改从大青山那边通过,这对我们大树村的经济建设是巨大的损失。老支书……"

正在这时，外面进来一个人。谁？老支书的女儿周燕平。周燕平五年前随丈夫去了福建，现在在一家服装厂当副厂长。得知父亲有病，她是特地赶回来探望的，谁知正巧碰上了砍树风波。当她了解了事情的经过后，下决心要让父亲离开大树村，去福建安度晚年。经过一番努力，老支书终于答应跟女儿走。

送走老支书，林樟生心里很高兴，觉得这下可以放开手脚大干一场了，可是当他带人来到大樟树下，不觉倒抽了一口冷气，原来大樟树上钉着一块牌子，上面用红漆写着两行字：大樟树是传家宝，人人有责保护好。下面还签上了老支书的大名：周长生。

有了老支书这道手谕，村里那帮反对砍树的老奶奶、老爷爷们都神气起来，他们一串联，组成了白发护树队，轮流值班，把个大樟树看得严严实实。

眼看"拍板"的日子越来越近，这时，最着急的当然要数林樟生了，他多么想在自己任职期间为大树村的经济发展做点贡献，但是老支书不但死活不肯砍树，而且还每星期来信发布新的指示，林樟生真是左右为难，陷入了困境。

就在林樟生一筹莫展的时候，他收到了一封信。信是老支书的女儿周燕平写来的，上面写道：林樟生并转乡亲父老：家父周长生因心脏病复发，经抢救无效，于九月十六日上午八时逝世，并于次日下午火化。遵照他老人家的遗愿，一不开追悼会，二不做坟墓。关于大樟树，他老人家也有交代。他说，人活百岁总要死，树高千丈也会枯，这是自然规律。我到外面一看，感到家乡确实落后了，不能再让大樟树遮住我们的视线，挡住我们奔小康的去路，该砍就砍了吧！

在这时收到这样一封信，究竟是喜还是悲，林樟生自己也说不清。他读完信后，又将信用毛笔抄了一份，贴到了村口大墙上，人们看了信，有的痛哭，有的叹息，也有的暗暗高兴。白发护树队的那些老人们失去了靠山,都泄气了:"嘿,老支书都同意砍树了,我们还有什么话说呢?"

僵持的局面就这样出现了转机,一关关顺利通过。三天后,"哗"地一声轰响,大樟树终于完成了它的历史使命,倒下了。

料理完大樟树,林樟生受众人之托,去了趟福建,目的是对老支书的家属进行慰问,同时也在老支书灵前献上一束花,以表示对他老人家的怀念。可当他到那里一看却傻眼了:老支书并没死,只是半身不遂、卧床不起罢了。

林樟生深知这里有蹊跷,所以在老支书面前也不声张,只是暗暗把那封信交给了周燕平,说:"你这玩笑开得也太大了。"谁知周燕平看了信也是大吃一惊,说:"这信不是我写的!"这下轮到林樟生发呆了:"这、这到底是怎么回事?"

周燕平想了想,说:"我可以肯定,这是大树村的人写的。因为当初我回家时,曾听到过这样一首顺口溜,说:若要富,先修路;要修路,得砍树;想要砍掉大樟树,还得先死老支书。所以我才下决心把父亲拉出来。原想他一走事情就好办了,谁知问题并不那么简单,人走影子在,事情更难办,给你们工作添了很大麻烦。现在有人冒我的名写这封信,我倒觉得是件好事。"林樟生似乎很恼火,说:"你把信给我,我一定要查出这个人来!"周燕平摇摇头说:"何必呢,大樟树已经砍掉,你要做的事很多,父亲这里,我会找机会向他解释。"林樟生觉得周燕平说得对,便点头告辞,回乡里去了。

长话短说。一晃过去了三年,林樟生得知老支书身体已经康复,就立即派人去福建将他接了回来。

老支书到家乡一看,惊呆了:"啊?我'死'了才三年,怎么连自己的家乡也不认识了呢?"确实,大树村是变了样,一座雄伟的大桥,一条宽阔的马路,再加那川流不息的汽车,那热闹的街景……真是眼睛一眨,穷山村变成小康镇啦!

村里人听说老支书回来了，"呼啦啦"男女老少一下子都拥到村口，来了个夹道欢迎。

老支书一眼看见了樟树奶奶，连忙上去问道："老嫂子，你好吗？"樟树奶奶忙说："好、好！你看，我家新房子造好啦，儿子对象也谈上了，办喜事请你来喝几盅，你可一定要来呀！"老支书乐了："一定来，一定来。"

就在这时，有个人称"阿凡提"的小伙子，挤到老支书跟前，深深地鞠了个躬，说："老支书，我特来向您坦白交待，那封信是我写的，也是我特地跑到福建去寄的。这实在是对您老人家的不恭，我、我向您道歉！"老支书笑了："没事、没事！没有你那封信，恐怕还没有今天的大树村呢！只是可惜了那棵大樟树呀。"

这时，林樟生乐呵呵地插话进来："老支书，大樟树的树干、树枝，连树根全都派了用场，我们把它制成各种各样的工艺品，出口赚外汇。"说完，他从身旁一个青年手里接过两件东西：一个寿星老头树雕像、一根龙头拐杖。他递给老支书说："这是我们自己生产的产品，给您留个纪念，也祝您健康长寿。"老支书接过礼物，端详了又端详，连声说："谢谢大家，谢谢大家。"

老支书一手捧着老寿星，一手拄着拐杖，乐呵呵地沿着公路往村里走。他一抬头，发现公路两旁栽的全是樟树，一眼望不到头："咦，这么多小樟树呀？"

林樟生说："不光公路两边有，我们还在村道两旁也栽了许多。""好啊，好啊！若干年后，这些小树都将长成参天大树，到那时，咱们大树村可就是名符其实的真正的大树村啦！"

从此以后，老支书又留在村里，自动地挑起了管理小树的担子，人们经常见他带着一帮白发老人，在给小樟树修枝……

（张　望）

乡长的沉浮

　　这是初春三月杨柳吐芽、鸟语花香的一天。早晨,从双龙乡通往雨棠村的土道上,走来几个人。走在前头的,看上去年约二十五六岁,一米七的个儿,国字脸,两道黑眉,一双大眼,皮肤稍黑,身板结实,此人名叫吕小青。吕小青高中毕业后回乡种田,因为他有文化、懂技术,又有一身好力气,几年来把个承包地、养殖业侍弄得红红火火,在全乡出了名,后来调到乡里当了几年农技员,一个月前又被提拔到乡里当上了副乡长。

　　俗话说:新官上任三把火。吕小青上阵不久,这天,他带着一班人马到双龙乡雨棠等五个村治理“三乱”。所谓“三乱”,即未经审批乱占耕地、乱建房屋、乱砍乱伐树木以及计划外怀孕生孩子。

　　吕小青一边走,一边心里想:自己虽有行使、处治"三乱"的权力,然而要做到既维护国家法规又妥善解决好村民的思想和实际利益,谈何容易。更何况他是第一次挑这样的担子,感到肩上沉甸甸的。

　　吕小青一行来到雨棠村,远远就看见一幢新房建在一块地里,一排三间,四周围个大院,足足占去七八分肥田。一行人上去一问,才知这修房主人叫王占兴。吕小青让乡房管员小杨翻开簿子一查,这幢房子既没申请更未审批,显然属于擅自占用耕地建房。于是,他们便走进大院,喊出了主人王占兴。

　　王占兴五十多岁,矮胖结实,大脚大手,胡子拉碴,一脸横肉。他拉开大嗓门,硬戗戗地开口说:"我没申请,也没批,我修了咋样?"他说着双手叉腰,怒视着吕小青等人。

　　一出门就碰上这个蛮汉子,可把吕小青气得肚子里火直往嗓眼蹿。他也音高气粗,威严地说:"王占兴,你既不申请,也未经任何审批手续,就擅占这么好一块地建房,你眼里还有政府和国家法律吗?"

　　没等王占兴开口,他的老婆跑了出来,小声地、胆怯地说:"同志啊,你别发火,我们确实房子不够住啊!老大都领了结婚证了,因为没新房.还跟老二合睡一个屋里。老二也二十了,还有一个十八岁的女儿,一家五口连人带猪牛就挤在那么几间房子里,确实无法啊。各位同志,你们不信去看看吧。"

　　听她这么一说,吕小青气消了,火灭了,他领着一行人看了这一家情况,的确困难,于是态度温和地对王占兴夫妇说:"你们的住房的确很紧,不过你们应该先写份申请交乡农房办,经审批后再修建也不迟啊,违章总是不应该的。我也是农民,知道修几间房不容易。这样吧,按理你们得拆房还耕并要处罚款的,你们就——"他转问房管员小杨:"你们丈量一下,一共多少平方?"小杨回答说:"六十五平方。"吕小青继续对王占兴夫妇道:"六十五平方占的是耕地,得缴纳土地费三百元,罚款就免了。你们得立即补办一切手续,还得写一式三份的检讨,分别给乡、村、组各一份。"

吕小青作这样的处理,够宽容的了。谁知王占兴竟把叉腰的手一扬,吼道:"要钱莫得!我修房还拉着账嘞,给我发点钱倒还差不多。房子修了,随你们咋办,坐班房跟你们走就是了!"

一听这话,吕小青勃然大怒,果断地下令:"给我拆!拆了还耕!还要罚款写检讨!"

王占兴也不示弱,他脸上横肉鼓起,一脸络腮胡茬直抖,声大如雷:"哪个敢动,老子叫他在这里见阎王!"

"你敢!给我拆!"吕小青命令一班人走近了新房。王占兴见状,转身抄起一把锄头横了过来:"老子跟你拼了!"说着飞起一锄,朝吕小青劈头砍了下去。吕小青眼快身灵,一个闪身躲过了这一锄,而王占兴这一锄因为用劲过猛,锄头竟掘进地里一尺多深。

就在他拔锄准备砍第二锄时,说时迟、那时快,吕小青又一个箭步蹿过去,当胸就给了王占兴一个猛掌,把他震得双手脱锄,连退几步摔了个仰八叉。王占兴哪甘罢休,翻身从地上爬起,转身奔到门边,抓起一根扁担,嘴里吼着"老子今天要拼命了",又挥着朝吕小青一班人直劈了过来。出于自卫,吕小青带的这班人马也各自抓起器具。

眼看一场流血事件即将发生,突然从人群后面传来一声断喝:"住手!"声到人到,那人飞一般奔到王占兴跟前:"给我放下!"他一把夺过扁担,狠狠甩在地上,又双手一按王占兴的肩,"给我老实点,坐下!"王占兴一见此人,竟乖乖地坐在了阶沿上。

接着这人又朝吕小青一班人走过来,态度谦和地说:"你们是……"

吕小青打量一下,只见此人身高微胖,皮肤白净,四十岁上下,穿戴整洁,像一位久住机关的人。吕小青想:这人大概也是个机关干部,心里想着嘴里就直直地说:"看来你也是个懂得国家政策的人,也知道国家土地法……"他便把刚才的情况讲述了一遍,"请你说说,我吕小青的处理办法究竟对不对?"

此人听后从衣袋里掏出香烟,给在场的人分别敬了,说:"我是王占兴的弟弟。"又指指站在身边的女子说,"那位是我的妻子,叫尹芳。你们乡政府的处理意见已经是够宽容的了,今天的责任全在我哥。他修房所占耕地不够一亩,可以根据你们乡政府的处理意见办,如果够一亩,必须经县土地、农房办审批才行。根据今天的情况,除缴纳土地费补办一切手续外,还得缴罚款五十元。不过,我哥家的情况我刚了解。这样吧,尹芳,你身上还有多少钱?"

接着他和他妻子掏出身上的钱凑了共一百五十元,递给吕小青,说:"这一百五十元先缴着,欠下的五天内一定付清,由我哥想法凑点,我回单位后再汇一百元到你们乡政府。如果超过五天,你们可以按规定再收滞纳金。"

事件总算平息了。然而吕小青哪里知道,这位王占兴的弟弟,正是刚上任的新县长王占奎,他今天得罪和处理的王占兴,正是王占奎的亲哥哥!

再说双龙乡党委书记刘春参加县委召开的扩大会议,结束这天,他晃动着他那圆滚滚的身躯,迈着两条短腿,往外走去,刚走到会堂门口,突然被新上任的王县长,也就是王占奎叫住了。王占奎说:"刘书记,麻烦你点事。这一百元,请你带回你们乡政府,这是雨棠村我哥王占兴擅占耕地修房的土地费。还有,请你帮我问问吕小青同志,看我哥缴了款没有。说到吕小青同志,真是年轻气盛啦,那天我正好碰上,他那张嘴呀可厉害,叫我差点下不了台,哈哈……我还有点事,有空上我家里去坐坐,我住一单元二楼五号。"王占奎说罢匆忙地走了。

王县长付了钱走了,可刘春手里揣着这一百元钱如同揣着一把火。回到招待所,他往铺上一躺,翻着一双金鱼眼揣摩开来:这新上任的王县长,想干什么呢?他付钱就付呗,干吗还要留下那句"有空上我家里去坐坐"的话?他翻来覆去地想,最后断定其中必有文章。想到这儿,他怀揣一百元,到楼上找他的指路人秦梅顺区长给他拿拿主意。

刘春快步走出房间,刚走到楼梯口,正好碰上区长秦梅顺下楼来,忙迎上去递上一支烟道:"我正要上去找你。嗨,我这回真算遇着麻烦事了。"

秦区长接过烟点燃,深深地吸了一口,然后极有风度地拍着刘春的肩膀说:"走吧,会议结束了咱们也到外面轻松轻松去。看你这愁眉苦脸的样子,有啥事咱们走着谈吧。"

步出招待所,听了刘春说的情况后,秦梅顺哈哈大笑道:"我说你这个人啦,真不会动动脑子,这新官上任有意在会场门口当着众人给他哥付款子,明摆着是有意给大家看的,以示他县长廉洁奉公,不徇私情。他为啥要你有空上他家去作客,还把他家的地址告诉你?他刚来咱们县,又跟你不沾亲、不带故的,他有事不请你去办公室而上他家,他把钱给你不要你一字手续,这——唉呀,这背后的事就看你如何安排罗!如今改革、开放、搞活,你咋个搞活法,哝?"

一席话使刘春茅塞顿开,一身轻松。一轻松,就感到肚子有点饿了,便拉着秦梅顺迈着轻快的步子踏进了酒家。

两人畅饮到深夜,脚下如踩着棉团,趔趔趄趄,摇摇晃晃,嘴里哼着一些莫名其妙的曲子,你扶我搀地走进招待所。刘春一边摇晃一边说:"喂,秦、秦区长,刚才说——说好的,你可得支持我一把呀!"秦梅顺也摇晃着身子说:"你放——放心,回去我就给吕小青下免职通知书……"

这天晚上,双龙乡政府内黑沉沉的,四周田野早已一片寂静,只有吕小青的房间里仍亮着灯光。自从吕小青调到乡政府以来,几乎天天如此,他不是钻研技术,就是学习政策、法律。可今天,他房里还亮着灯,既没学习,也没看书,而是和几位知己正在喝酒。

吕小青请客,四五个被请者都感到莫名其妙,而且酒喝得很闷,酒喝了两瓶多,烟也抽了不下一条,可他却一言不发。几位知己几次问他为啥请酒,他就是一句话:"来来来,抽烟,先别提别的。今儿个请大家喝酒没好菜,以后再补。"

一直喝到夜深人静,几个人喝得头重脚轻时,吕小青这才端起酒盅站起来说:"我再敬大家一杯,这是我任副乡长以来第一次也是最后一次在这里请几位喝酒。奉劝各位好好干,有空到我家里作客去,让我老婆多弄几个菜,再好好陪大家喝!"吕小青这几句话,真把几位在座的听得如坠云雾中,一双双眼睛都直直地看着他。

吕小青又掏出烟给每人散了一支,这才愤愤地说:"土地法是经国务院颁发的,我吕小青也是奉命而行,照章办事。这回算摸了老虎的屁股。那天各位都在场,情况你们也亲眼所见,可今儿个早上刘书记把我喊到他房里一顿好训,说我那天不问青红皂白,动手打人,侵犯了人权,还带头围攻县长,使县长下不了台。我不服,和他顶了几句,他要我听候处理。"

几个人一听,顿时擂拳顿足吼了起来。吕小青接着告诉他们说,刘春已经要他明天办好一切移交手续,待区里来人处理。

大伙听了,一个个心中如有一团火球在燃烧,双脚似灌了铅一般沉重。他们怀着愤怒无声地各自散去。

第二天一早,刘春关照全体机关人员一律不下队,并吩咐伙房准备五桌酒,说区政府来人要宣布重要事情。

到了十一点左右,区政府以区长秦梅顺为首,果真来了三位要员。三个人屁股没落凳,就由刘春陪着进食堂赴宴。

吕小青走进食堂，扫了一眼，见四张桌已经坐满，只有昨晚在他吕小青房里喝酒的几位知己所坐的一桌，还留着他吕小青的位子。吕小青往桌边一坐，也不管其他桌上是否动筷，就招呼一声，动起筷来，而且吃得非常快，胃口也出奇地好，心情比任何时候都显得轻松。倒是他那几位知己难以下咽，难受得差点掉下眼泪。

酒过三巡、菜过一半，这时坐在区长秦梅顺一边位子上的刘春站了起来，干咳了几声，扯起他那公鸭般的嗓子叫大家安静。由区长秦梅顺宣读了区政府有关吕小青的免职文件，及吕小青不能再任乡政府干部及工作人员决定后，刘春接着说："今天这顿饭是两个内容，一是为吕小青同志送行，吕小青在乡政府干的这段时间里，成绩嘛是有的，不过年轻人气盛，刚担任副乡长，咳，就动手打本乡群众，还围攻县领导，区里作出处理是正确的；第二嘛，作为我们乡领导是了解吕小青同志的。经乡党委研究决定：让吕小青同志到农机站面粉厂去，所以嘛，也算是为吕小青到新岗位的欢迎酒。来，大家敬吕小青同志一杯……"

没容刘春的话说完，吕小青胸中的火已直冲脑门，他再也无法克制，顺手一把抓起酒瓶"叭"甩到地上，吼一声："卑鄙！竟他妈些胡弄老百姓的伪君子。老子不需要哪个开恩，老子有的是修理地球的本事，当农民是我的祖传，也是老子的内行！"说罢，吕小青愤然离席，走到寝室里，背起他早已捆好的铺盖行李，头也没回地"噔噔噔"出了乡政府的大门，回家种田去了。

再说新上任的县长王占奎，是从一个山区农业县调到这个县来的。刚来没几天，在妻子的提议下，夫妻俩抽空到雨棠村去看看足有四年没见面的哥哥。谁知刚去就遇上了麻烦事，他无心再在哥哥家待下去，便匆匆赶回县里。几天来除开了几次会议外，他又到几个乡跑了一圈，今天才回县里。

王县长风尘仆仆回到县府，天已黑了。他走进二十多天没进过门的县长办公室,见办公桌上堆有一叠信件。他走过去,随手翻看信封。见其中有一封信,信封上这样写着:给县长大人亲收,落款是双龙乡槐树村一组。他感到一位农民给自己写信,应马上看看,于是叫秘书帮忙弄点饭来,自己便抽出信笺看了起来。信上写道:

王县长大人:

也许我不该给你写这封信:一是你根本不会看或看个头就丢进了纸篓;二是会给我本人带来更严重的后果。随你咋办吧! 我还是一个中华人民共和国的公民,总还有说话的权利的。

土地是国家的,不论任何人占用土地,都需经过审批缴纳土地费,这是经国务院颁发的土地法所规定的。难道你作为一县之长不知道? 你的哥哥王占兴不经任何审批手续,擅占耕地修建房屋,我是以一个副乡长的职务带人按政策办事,难道有错? 说我不分青红皂白,不了解情况就肆意动手打人……谁先打人行凶? 我吕小青是否打了人? 当场有那么多的围观者。当时是你自己说了还要加五十元罚款的(只可惜当时不知道你是县长,你脸上也没刻"县长"二字),早知当时由你处理,也免遭今天对我的处分理由中多了一条围攻了你,让你下不了台!

不过今天我就是要痛快地骂你这个败类狗官! 像你这样的人称之为党的领导干部真是耻辱,玷污了我党的名声。你也配作一个县的芝麻官? 你会带领老百姓搞改革? 使老百姓走向小康生活? 那只能是一句空话! 你这是在愚弄老百姓。我相信,总有一天,像你这样的人总会被党从自己的队伍中如垃圾一样被扫除的!

我祖祖辈辈是农民,我原本就没想过要当什么官,既然

得罪了你及你的哥,处理我回家种田,我高兴得很!无官一
身轻。你手中有权,今天我又写信真的骂你了,得罪你了,
就再来重的吧!少不了变着法儿把我抓起来。随你的便
吧,我吕小青等着!

王占奎看完这封信,真是肺都要气炸了,没想到去了一趟自
己几年没去过的哥哥家,竟惹了这么大的纰漏。他气得一拳头
砸在办公桌上,说声:"岂有此理!"尔后,他抓起电话,给县农房
办打了电话,又给区派出所挂了电话,要他们明天去双龙乡……

再说吕小青这天一早起来,往菜园里灌了几挑稀粪,挂着扁
担,望着如同彩画般的山乡景色,真恨不得吟出几首美好的诗句
来。

就在这时,突然从山梁公路上传来一阵喇叭声,只见一辆小
汽车飞驰而来。吕小青的家离公路不远,一年四季各种机动车
辆来来往往,因此刚才的一阵汽车喇叭声,也没特别引起吕小青
的注意。吕小青挂着扁担观赏了一阵子群山美景,把一挑粪水
灌进菜园里后,挑起粪桶,悠闲地打着口哨,往家里走去。谁知
刚上得田埂,突然听见有人在不远处打听他吕小青住在哪儿。

吕小青停止了吹口哨,担着空桶站下来,心里想:谁这么一
大早来找自己?想来想去突然想起前些日子写给县长大人的
信,他心里说:来了,准是看了那封信来的。哼,来就来吧!于
是,他挑着空桶大步朝家走去。

走过田头,转过弯刚到房前,突然从后面传来了招呼声:
"哟,我一看背影猜你准是吕小青吧?一大早就忙着灌什么啦?"

吕小青回头一看,果然是那天在王占兴家见过的县长大人。
他冷冷道:"农民嘛,荷锄担粪是必须坚守的本职工作。县长大
人这么早就亲临此地,想必是收到并看了我这个小老百姓的那
封信了?走吧,到家里稍坐会,让我把早饭打发进肚里就跟你们

走。"

"哎呀,我说吕小青呀,你这……"

"放心,我吕小青不会跑的。进去吧,那儿就是寒舍。"吕小青说罢,指了指家门,也不管王县长愿进不愿进,就自个儿到粪坑口处放桶去了。

王占奎今天一大早空着肚子同秘书驱车赶来,一照面,就遭吕小青一顿抢白。他没有计较,他理解这个小老百姓肚里的火,知道他心里的气。他招呼一下秘书,就走进了吕小青的家。他俩进得堂屋,便自个儿动手搬凳子,刚坐下,吕小青的妻子抱着孩子从里间出来了,一见是两位陌生人,忙问:"你们是……"

王占奎忙站起来介绍说:"我叫王占奎,他叫柳冬。我们是同吕小青认识不久的朋友,今天特来拜访。你是他的……"

"我叫田小丽,是他的老婆。哦,你们请坐,我去叫他回来。"

秘书柳冬忙说:"吕小青已经回来了,正在外边放桶。"他说着忙从挎包里拿出几袋糖果点心,递给田小丽及孩子,说,"这是王……"王占奎赶忙打断:"对,是我这个老王买的,不像样,只要不嫌就请收下吧。"

这时,吕小青放好粪桶正好进来,见柳冬送糖果给老婆和儿子,又听到王县长的话,他一杠子插上去道:"别哄我老婆了,咋办就直说吧!"

见吕小青进门又是冷不丁一杠子,王占奎忍不住仰头哈哈大笑道:"我说小吕呀,看来你肚里的火气还真大嘞。对,是我王占奎不对,你就冲我出气发火吧。火发够了,气出完了,咱们再谈。发吧,要骂就再痛快地骂一顿也行。"

吕小青被王占奎这么一阵大笑和一番言语,反倒一时没了词。

这时,秘书柳冬说话了:"对于你的事,王县长还是看了你的信才知道的。他哥的房子和耕地问题,王县长已经派人去作了严肃处理。对于你受处分的事,王县长亲自过问了,他认为他自己也有一定的责任,昨天还在县委扩大会议上作了检讨。看了你那封信,王县长已是几天没吃好休息好,直到调查处理清楚才松了口气,今天来是……"

王占奎站起来,走到吕小青身边,亲切地拍拍他的肩膀说:"哒,这是你的家,你咋不坐啊,你不坐,我这当客人的咋好坐?"

吕小青顺从地坐下,语气成了低八度:"王县长,真对不起,我错怪了你!"

"哒,这说哪啦?我还得感谢你呢。别说是你,要是我处于你这个地步啊,说不定火气比你还大,还想咬人嘞!"他把几个人说得哄堂大笑后,又道,"喂,我说小吕呀,我今天来可有两个目的:第一是同柳冬同志专程来赶吃你的早饭的,我们可还是空着肚子哩,不知肯不肯给我俩开饭?这二嘛,就是请你回双龙乡政府,代理乡长一职,就算帮我干吧,不知能否请得动?"

嗨呀,吕小青这下子可没了口才,脸红了,汗出来了,本来不口吃的他也结巴上了:"这……我可担不起呀!"

王占奎笑着采用激将法说道:"怎么,你小子也只是唱唱高调胡弄人?"吕小青一听这话,"腾"地站了起来,声音宏亮而干脆地说:"干!"又转身对田丽说:"老婆,开早饭吧!"……

(农 夫)

琥珀罢贪官

　　琥珀啥玩意儿？传说在原始森林里，一只蜘蛛在松树枝丫间织了个网，一只马蜂"嗡嗡"飞来，在蜘蛛网上撞个正着。蜘蛛敏捷地爬过去，和马蜂展开殊死肉搏。正当这时候，一颗大大的松脂从高处落下，不偏不倚把两只小生灵团团裹住掉到地上。数万年后，松脂历经风风雨雨，由白色变褐色，最后变为一颗黄褐色的化石。这种化石呈椭圆形、沉甸甸、光溜溜，里面两个小生命虽流经万代，却仍像活的一样。这东西我们现在就叫它琥珀。因为形成琥珀的机会千载难逢，因此能保存至今的琥珀便价值连城了。

　　闲话少说，言归正传。据说马路镇卖肉个体户武华就珍藏着一颗琥珀，曾有人开价三千块也没谈成。武华其貌不扬，五短身材,活像《水浒传》中的武大。不过,武大归武大,武华归武华。武大卖炊饼老实本分,武华做买卖阎王婆怀孕——一肚子鬼胎。不过,夜路走得长,总要碰到鬼。武华几天前栽了一个大跟斗……

那天,武华在乡下花四十元钱买了一头老猪婆回镇,宰了以后在市场上充好肉卖。天晓得那般巧,县工商局局长的女儿吴水桂到马路镇姥姥家,临登门在武华摊前给姥姥买了三斤肉。结果吴水桂及姥姥全家大小吃了猪婆肉都感到身体不适,有两个小孩还被送进了医院。吴水桂一怒之下把情况反映到县工商局,工商局怎能袖手旁观? 当下电话通知马路镇工商行政管理所,严肃查处此事。

马路镇工商行政管理所针对武华严重违反市场卫生管理条例一案,召开了研究会,一致通过吊销武华个体营业执照和罚款四百元的初步处理意见。

武华很快从工商所一个狗肉朋友嘴里得知这一消息,顿时慌了神。这年头,教书的不如杀猪的,武华干杀猪这一行才三年,赚了票子,盖了房子,娶了妻子。眼下,罚款千儿八百那倒没啥,一旦吊销了营业执照,不就等于被抽了脊梁骨吗? 武华苦思冥想,最后只能指望从工商所长蔡亚国身上打开缺口。

这天,蔡亚国正在闭目养神,武华拎着一条大鲤鱼进屋,见面就点头哈腰道:"蔡所长,打扰您休息了。"蔡亚国只是朝武华点点头:"没关系,坐。"武华把鲤鱼搁到一旁,挪臀落座,说:"蔡所长,听说工商所要严肃处理我? 唉,我罪有应得!""武华,"蔡亚国目睹武华的窝囊和狼狈相,不冷不热地说,"今天你来找我,恐怕不是心甘情愿认罪吧?"蔡亚国的口吻令武华心起疙瘩,一时间背得滚瓜烂熟的台词忘到爪哇国去了。"当然,常在河边走,哪有不湿鞋。"蔡亚国见武华尴尬难堪,话锋一转,"栽个跟斗买个教训,今后好自为之就是。""那当然,那当然!"武华赶紧顺梯下楼,"我是初犯,下不为例。蔡所长,请求您帮我疏通一下,高抬贵手原谅我一次。"

"不!"蔡亚国硬邦邦打了个比方,"有人杀了人,法律会让杀人犯的忏悔和保证钻空子吗?"蔡亚国的口气一反一复,武华捉摸不透,说:"蔡所长,死猪不怕开水烫。我今天上门的目的只有一个,多罚款两三百块我甘愿照付,营业执照得请您帮帮忙不要吊销。"蔡亚国一听这话,面露难色:"县工商局十分重视,群众反应强烈,恐怕我心有余而力不足。""蔡所长,您的威信在工商所挺高,说一句顶一篓,我的执照能不能保留,就您一句话。"蔡亚国可不是任人哄耍的三岁娃娃,他心里自有一把铁算盘:"马路镇工商所我说了算,县工商局呢?说一句话当然简单轻松,可到时候说不准,好事变坏事,我也跟着你倒霉,冒风险!"

锣听声,话听音。武华抓住时机赶紧表示:"蔡所长,只要您大恩大德帮了我,我武华绝不会忘恩负义,到时候不会亏待您。"

蔡亚国之所以语气一反一复,就为了想给武华施加心理压力,现在武华此言既出,也就顺水推舟:"哎,人人都有一本难念的经。这样吧,武华,我不会落井下石,你回去等消息。""那就拜托您了。"武华吊起的心落下去一半,他指指搁在一旁的鲤鱼说:"蔡所长,我刚才在市场上给您买了条鲤鱼,挺新鲜的,您剖了吃鲜。好,我走啦。""行,不远送。"蔡亚国送武华到门口。

当天晚上,蔡亚国的老婆小张做晚餐,把鲤鱼洗干净,抄刀剖鱼。鱼腹剖开,滚出一颗黄褐色泽、鸡蛋般大小的东西,圆溜溜、沉甸甸。细看,里面似乎还有些怪怪的花纹。小张感到奇怪,喊:"老蔡,快来!""什么事?"蔡亚国慢悠悠走进厨房。小张朝桌上的鲤鱼努努嘴。蔡亚国好奇地捡起那东西,瞧了瞧,掂了掂,突然一阵窃喜,说:"琥珀!""琥珀?"小张似信非信,嗓音高八度。"嘘!"蔡亚国说时迟、那时快,一手捂住小张的嘴,神秘地轻声说:"轻点,一颗琥珀价值几千块,武华忍痛割肉送给咱,实属弃卒保车。"

小张平时或多或少耳闻目睹一些香烟盒和鱼肚里塞钞票送礼的现象,此时也很快明白了其中的奥秘,说:"老蔡,既然武华义气大方,咱得帮帮人家。"蔡亚国藏起琥珀,说:"礼尚往来我懂。"夫妻俩相视而笑……

过了一天,武华仍有一半心不踏实,再次登门拜访蔡亚国:"蔡所长,自吊不能自救,一切靠您啦!"吃人家的嘴软,拿人家的手短。蔡亚国受了琥珀,只好拍着胸脯:"请放心,咱们抬头不见低头见,天塌下来我给你撑着。"

蔡亚国说到做到,他略施雕虫小技,欺上瞒下,单罚了三百块就让武华蒙混过关。

大约过去两个月,没有半点风吹草动。蔡亚国和老婆商量:"咱不考古,琥珀留着也派不上用场。与其藏在家,不如卖个价。"老婆一百个赞成。

夫妻俩私下托人四处打听。一天在县城工作的表弟捎来消息:他同事的姑父愿意受货,约定12月13日携款登门洽谈。

到约定那天,蔡亚国夫妇胸有成竹地在家等着。"笃笃笃"有人在屋外敲门。蔡亚国正等得心焦,连忙去开门。"蔡所长的家吗?"敲门者国字脸、八字胡。蔡亚国一琢磨,多了一个心眼:"在下蔡亚国。请问您贵姓? 有何贵干?""免贵姓杨,平时喜欢古物买卖……""哦,杨老板,屋里坐,屋里坐。"

杨老板落座,说:"蔡所长,拿货给我看看。"蔡亚国并不回话,只是吩咐小张上酒上菜,说:"杨老板,你我初次见面,来,喝几盅见面酒,然后再谈生意。"杨老板盛情难却,只得遵命。

好一个蔡亚国,姜太公钓鱼摆下见面酒,表面热情,暗里盘算:一旦杨老板被酒灌昏了头,三言两语暴露了古玩黑市行情,知己知彼,琥珀不愁不卖个好价!

果然此招灵通,杨老板几盅酒落肚,脖子粗,脸孔红,泄露了一个令蔡亚国既惊奇又欣喜的秘密："蔡、蔡所长，牛皮不是吹的，火车不是推的。我杨某干古物买卖快十年啦，见过五花八门的玩意儿，结交过形形色色的人物。嘿！只娶媳妇不嫁女，赔本儿的买卖没干过……蔡所长，今天我已经是第二次来马路镇，第一次在去年，我打听到你们镇上有一个叫武华的也有一颗琥珀，专程上门谈交易。蔡所长，好惋惜！我看过武华那货，啧啧，货色百里挑一，当时我开价三千块，嗨，武华死活不肯。今天琥珀黑市天天看涨，我这次来马路镇，一则上您家，再则上武华家，我要不惜一切血本，把那颗琥珀搞到手……"

杨老板夸夸其谈，蔡亚国暗暗得意。一会，杨老板才突然记起谈生意："蔡所长，咱们言归正传谈正事，您的货呢？"蔡亚国精神亢奋起来，忙掏出琥珀，说："杨老板，芝麻掉进针鼻里——太巧啦！您说的武华那颗琥珀就是我这颗。"杨老板一惊，将信将疑，捏着琥珀瞧了瞧，掂了掂，然后随身掏出一把弹簧秤过过秤，最后鸡啄米似的点点头："对，对！正是这颗。蔡所长，它怎么到了您的手中？"蔡亚国撒了个谎："杨老板，您能做古玩买卖，我就不能做？实话实说，琥珀是我花高价从武华家买下的。"

"不，"杨老板出奇不意地说，"琥珀是武华贿赂给你的吧？"蔡亚国惊出一身冷汗，忙说："杨老板，别、别开玩笑。"话没说完，却见杨老板起手扯下嘴角的胡须："蔡亚国，你不认识我啦？""啊，吴局长？"蔡亚国顿时目瞪口呆。"蔡亚国，"吴局长神色严肃地说，"我代表县工商局通知你，撤职审查！"

原来，那天蔡亚国夫妇在厨房从鱼腹中发现琥珀，隔墙有耳被人发觉，并检举到县工商局。吴局长非常重视，正准备亲自到马路镇调查情况，蔡亚国的表弟因痛恨社会上行贿受贿的腐败现象，告了表兄蔡亚国。他抓住蔡亚国销赃心切的心理，让吴局长巧扮杨老板上门，将计就计智取物证……

吴局长走了，蔡亚国鱼死不闭眼，慌慌张张来到市场上，找到武华,说:"这里人多眼杂,走,上你家有话跟你说。"武华听说蔡亚国要上自己家,便割些肉,买条鱼,领着蔡亚国回家。

武华吩咐妻子做饭炒菜,自己把蔡亚国领至客厅,说:"蔡所长,有事请说。""糟啦!"蔡亚国愁眉儿苦脸儿,"哪个缺德的龟孙子把我俩告到了县工商局。""啊?"武华心上一紧,"上面追究啦?""不仅你的执照非吊销不可,我也被撤职。""什么?""今天吴局长到我家,说我俩行贿受贿,要从严从重处罚。""行贿受贿,从何谈起……""就是指你送给我的那颗琥珀。""琥珀?我啥时送了琥珀给您?""上次你不是把琥珀塞到那条鲤鱼肚里送给我的吗?""哪里。琥珀现在还收藏在我家保险柜里。""那……"

"蔡所长,你们工商所要狠狠管一下这种坑人的鱼贩子。"正在这时,武华妻子手里拿着一条刚刚剖开的鱼走进来,"你瞧瞧,把这么大一颗石头塞到鱼肚里,太坑人!"蔡亚国两只眼睛顿时定了格:鱼腹里有一颗鹅卵石,鸡蛋般大小,又黄又圆……

(张安生)

长 官 意 志

说你行你就行,不行也行;说你不行你就不行,行也不行。不服不行。

"一把火"镇长

　　富春江边有个小镇，叫灵山镇。在灵山镇最热闹的十字街口，新开了家店，名叫"新潮流咖啡馆"，内设雅座，供应各式西点饮料，日夜营业，两只立体声音响，一天十六个小时播放流行歌曲。最引人注意的是那首"一把火"的歌，整天"一把火、一把火"地叫，因此人们把这家店叫做"一把火咖啡店"。

　　就在一把火咖啡店开张不久，县里给灵山镇调来了一位年轻的镇长。新来的镇长姓王，二十六岁，还是个没结婚的姑娘。说来也真凑巧，她有个外号也叫"一把火"。

　　一把火镇长走马上任的第一件事就是逛大街。一逛两逛，逛到了十字街口，"一把火"的歌声吸引她来到了咖啡馆门前。她抬头一看，只见三开间门面，装潢美观。可是再仔细一看，大门两边墙角上摆着两只尿桶,芦席一围,算是遮羞,左边挂着个"男"字,右边挂着个"女"字。这两个小便处人进人出,"生意"和咖啡馆一样兴隆。

女镇长一见这情景,不由眉头一皱转身就走。可她到街上一看,这个巷口一只桶,那边墙角一口缸,星罗棋布,到处是这样的小便处。

一把火镇长见到这些玩意儿,不免心中冒火,暗想:这不正像是奶油蛋糕上叮了许多苍蝇而令人作呕吗?不行,非废除不可!

第二天,街上贴出了镇人民政府的通告:为了净化市容,有利群众身心健康,经研究决定:街道两旁所有简易厕所,限三日内拆除。逾期不拆者,作无主处理。今后任何单位或个人,不得以任何借口设置类似的简易厕所。违者罚款。特此通告。

这一声令下,谁敢违抗?一夜之间,满街所有的缸和桶全都不见了。镇长心里当然高兴。可谁知道,时隔三天,一把火镇长从县里回来,到街上一看,不觉大吃一惊,只见到处墙壁上写着:禁止小便,违者罚款!谁在此小便,谁就是狗!旁边还画着一只跷腿撒尿的狗,真可谓图文并茂、无奇不有。

镇长知道,这随地小便比原来的简易厕所更糟糕,太阳一晒,臭不可闻。可转念一想,这又能怪谁呢?人们来到镇上,却找不到撒尿的地方,憋急了,只得乱尿了。

她想到这里,立即回到办公室里,一个电话,叫来清洁卫生管理所所长,叫他想个办法,造个公共厕所。

所长两手一摊:"造厕所当然很好,可是钱呢?"

"向镇上各个企事业单位集资不行吗?"

"不行、不行!"所长连连摇头说,"这事我们去年搞过,我们说得口干舌焦,他们却千方百计推却,也有的拿5元、10元应付了事。我们像要饭一样要到了300多块钱,这点钱哪能造厕所,只得存在银行里。时隔两个月,县里来了卫生检查团,我们没钱招待,就到银行里取出那300多块钱,办了两桌。检查团酒足饭饱,一分满意,给我们评了个'环境卫生先进单位',300多块钱买了张奖状。这事后来捅了出去,大家拍桌子骂娘,议论纷纷。现在我们又去要钱造厕所,非碰钉子不可。难办啊!"

一把火镇长一听这话,心里的火直往上蹿:"难办也得办,我们发个通知,硬派也得派出来!"她说完摸出一叠钞票,递给所长,"喏,这是100元,算我投资。这厕所的事就靠你办啦。你看看,大概要多少时间能完成?"

"这——"所长搔搔头皮说,"这很难说,如果顺利的话,明年这时候总可以使用了。"

"什么?造个小小的厕所要一年?"

"哎呀镇长同志,新娘子再小,拜堂可是一样的呀!先要集资,有了资金还要落实地址,然后请人搞设计,画图纸,造预算,采购材料,必要时还得组织有关人员到杭州、上海去参观取经……"

镇长真的来了火:"你说啥?造个厕所也要跑码头,还要不要申请护照出国考察一下?亏你想得出来!告诉你,限你一个半月时间,给我拿出个公共厕所来,到时拿不出来,我就叫所有来往行人上你家拉屎撒尿去。另外,你马上办好两件事:第一,通知有关单位,立即把墙上那些乌七八糟的字画刷掉;第二,在厕所没造好以前,找几个人管一管随地小便的事。你再通知咖啡馆的经理,叫他不要老是'一把火、一把火'地放个没完,也可宣传宣传随地小便的害处嘛!"

"好吧,我马上去办。"所长说完走了。

下午,清洁卫生管理所所长来汇报说,墙上的字画都已刷掉,可这管理随地小便的事却没有人肯干。

所长话音刚落,从外面"噔噔噔"跑进来一个小伙子。所长一看，进来的不是别人，却是自己的外甥。

　　所长的外甥是个好吃懒做的青年，他路子活络、脑子灵，很有一套轧苗头、钻空子的本事，所以得了个外号，叫"黄鳝"。黄鳝同志前天来舅舅家作客，得知镇里要找人管理随地小便的事，觉得干这事既轻松又有利可图，于是就来了个毛遂自荐。他说："镇长，我这里没有一个熟人，可以真正做到铁面无私，因此，这事我可以承包，不拿工资，也不要补贴。当然，要做好这件事必须领导支持，给我创造点条件，我要求：一，要有个名称，给我个标志，这样干起来才能师出有名。我建议就叫'环境卫生瞭望哨'；二，镇里要出个通告，明确规定，随地小便罚款一元，不服管理者加重处罚。这样，我就有章可循，才能理直气壮；三，为了体现按劳分配、多劳多得的原则，这罚款所得，百分之五十上缴，百分之五十归我。我的意见就这些，完了。"

　　黄鳝毕竟是黄鳝，说得头头是道，合情合理，把镇长也说服了，女镇长当即表态："好吧，就这么办。"

　　当天晚上，通告就出来了，罚款单也印好了，红袖章也做成了。

　　第二天一早，黄鳝同志套上红袖章，刚要出门，又站住了。他想：手臂上套着这玩意儿不暴露目标吗？干这一行，要想抓住人就得不露声色，暗中观察，发现目标，突然出击。他定下了这16字方针，就急忙褪下红袖章，塞进裤子袋，然后出了门，上街找晦气鬼去了。

　　事情果然顺利，黄鳝同志一条街还没走出头，就发现了一个目标，他一手掏出红袖章晃了晃，说："怎么，通告没看见？到处乱尿，是什么作风？什么行为？会产生什么后果？唉！"

　　那个人一见红袖章慌了，连忙来了个紧急刹车，红着脸说："对不起，我实在憋不住了，我改正，我……"他说着要走。

　　"你站住！"黄鳝一声喊，顺手撕下一张罚款单递了过去，

"喏,罚款1元。"

"同志,我……"

"不要桐子、柏子的,又不是小商品市场,还讨价还价! 通告上明确规定:不服管理者加重处罚。你再啰唆加一倍,罚2元!"

那个农民被镇住了,只得摸出1元钱,换回了一张罚款单。他将单子往口袋里一塞,转身就走。

黄鳝出师顺利,十分高兴,看着远去的农民,心想:他刚才只尿了三分之一,还有三分之二被我一吓缩回去了,这比一点不尿还难受,一定会另找地方尿了不可。对,不能轻易放过,要跟踪追击。想到此,就掏出副太阳镜戴上,急匆匆跟了上去。

果然不出所料,那个农民转了个弯,见四下无人,闪进墙角边,拉开裤子就尿。

黄鳝一见,好不高兴,一个箭步上去抓住他说:"好啊,你又尿啦,你真是死不悔改、明知故犯啊,来来来,罚款1元。"

农民知道事到如今,赖也赖不掉,讨饶也没用,伸手就摸钱。可是摸来摸去,只摸出张2元的,递过去说:"喏,找1元。"

黄鳝接过钞票问道:"你尿完了吗?"

"没有,被你一吓,缩回去了。"

"那好,你就干脆放放完吧。"

"谢谢,谢谢。"

"不用谢,这1元钱我也不找了,就算再罚一次吧。"黄鳝说完,撕了两张罚款单,往农民手里一塞,扬长而去。

农民接过单子,摇摇头,自言自语地说:"唉,撒泡尿也要3元钱,比议价还高呀!"

就这样,黄鳝到处钻,到处抓,到处罚,弄得整条街乱了套,骂娘的,叫冤的,好不热闹。这事情很快引起了镇上一个老头的注意。

老头叫阿福,人称阿福老头,是专种蔬菜卖的专业户,他家就住在一把火咖啡馆贴隔壁。大概由于职业的关系，阿福老头对肥料有一根特别敏感的神经，原来街道两旁的那些缸和桶，至少有三分之一是他的，可是镇里一个通告，将他的肥源给卡了，好不恼火，后来见人们到处乱尿，将肥料白白地浪费掉，多么心疼！如今见罚款闹得乱哄哄，他灵机一动，取出纸墨笔，"刷刷刷"写了张告示：为解决广大群众的困难，特设临时小便处，每人每次收费1角，欢迎光临。随后糨糊一抹，把它贴到了门口的白墙上。

这告示一贴出，当然受到欢迎，于是乎，男男女女都往阿福老头家里跑。不一会儿，就门庭若市，像买紧俏商品似的排起队来了。

阿福老头忙了大半天，到傍晚时拉开抽屉一数，总共收入14元6角。他非常高兴，心里暗想：这下门路找对了，既有现金收入，又积了肥料，今后也用不着烧香拜佛去走后门买化肥了。

可就在阿福老头得意的时候，黄鳝走了进来，问道："你是赵阿福吗？"

"是的，你……"

"我是镇人民政府的。我想知道：你有营业执照吗？"

"执照？"

"对，临时小便处的营业执照。"

"同志，我这是……"

"你收费就是营业，营业就得有执照。没有执照就是非法营业，不但要取缔，还得罚款，至少罚20元。"

阿福老头"别"一惊，心里嘀咕：这下完结，偷鸡勿着蚀了把米。怎么办呢？他知道胳膊拧不过大腿，硬顶不行，得软磨。于是连忙站起来，又是泡茶，又是递烟，同志长、同志短地左检讨右求情，终于说得对方松了口："好吧，姑念你初犯，看你态度也还好，这罚款就来个瞒官不瞒私，免了。"

"多谢多谢。"

"不过罚款可免,税不能不缴。你也知道,纳税是公民应尽的义务,取之于民,用之于民,对不对?"

"对对对,应该缴,但不知要缴多少税?"

"按照你实际收入,缴百分之三十的营业税,百分之三十的工商税。你今天一共收入多少?"

阿福老头心里打起了小算盘:一六得六,四六二十四,六六三十六,一共要缴8元7角6分钱的税,自己只剩5元多钱啦,不干! 反正我收入多少是荷包账,无据可查,干脆来个浑水摸鱼。他想到这里,忙说:"今天没花头,一共2元多点钱。"

"什么?"黄鳝"咘"地站起来,严肃地说:"你想偷税漏税是不是? 你以为我不知道,告诉你,我就在你对门站了大半天。"他顺手摸出1张纸,"你看看,我都划了'正'字,总共146人在你家小便,不会冤枉你吧? 就凭这点,证明你极不老实。为了教育你,处以5元罚金,总共13元7角6分,零头抹掉,缴13元,痛快点!"

阿福老头明白,今天是贼骨头碰上强盗王,没法变了,只得老老实实取出13元钱给他。

黄鳝收下钱,撕下一迭单子往桌上一丢,说了声"哗哗",走了。

阿福老头拿起单子一看,大吃一惊,根本不是税单,而是随地小便的罚款单。他知道受骗上当,急忙冲出去,一把抓住黄鳝说:"好啊! 你竟敢大白天到我家敲竹杠! 快点,把钱还来。"

黄鳝却不慌不忙地说:"老头儿,你不要糊涂,我是和镇长面对面签订了合同的环境卫生承包户,你是蔬菜专业户,你不去种蔬菜,却来管人家小便,是谁批准的? 再说,我一不拿工资,二不领补贴,全靠罚款所得的一半维持生活。你却来这一手,一下子拉去了146人。当然,这里面有82人是女的,女的我不管,因为就是发给她们奖金,她们也不会随地小便。可是还有64个男的呢,要不是你捣乱,他们非随地小便不可,就算每人罚1元,就跑掉64元,我个人损失32元,这账你得算一算,究竟是我敲了你的,还是你敲了我的?你只顾自己发财,却不管别人喝西北风,不说共产主义风格,也得讲点人道主义嘛!照理说,你种你的蔬菜,我管我的小便,河水不犯井水,可你偏偏跟我过不去。如果你一定要搞下去的话也可以,要么你付给我每天10块钱的生活费,要么每天供应我三顿饭、四瓶啤酒、两包香烟。否则,你别想安耽!何去何从,你自己晚上好好想一想。"黄鳝开了一阵机关枪,一摇三摆地走了。

阿福老头一场欢喜一场空,越想越气,越忖越恨。晚上,他把情况和几个儿子一说,大家都很气愤,经过讨论,最后决定一不做二不休,干脆把那间堆放杂物的破屋拆掉,造个公共厕所,这样名气好听,又等于造了个肥料工厂,一举两得。

说干就干,他们当晚写了张申请报告,第二天一早,阿福老头亲自面交女镇长。镇长一看,也很高兴,当即提起笔来批了八个字:此举甚好,完全同意。

有了"尚方宝剑",阿福老头腰杆子硬了,立即动手,采购材料,拆除旧屋,聘请工匠,日夜奋战,连头搭尾十天时间,一个公共厕所建成了。

厕所不见得怎么高级,但毕竟是灵山镇有史以来第一个公共厕所,而且是赌气赌出来的,因此,阿福老头决定为这公共厕所举行隆重的开张仪式。

他首先找到女镇长,说:"镇长同志,厕所已经造好,明天开张使用。我想,这个厕所是你一把火烧出来的,所以想请你明天能在百忙中抽点时间,为我们剪彩。"

厕所开张要剪彩,这是从来没听到过的,可镇长却不以为奇,反而爽快地说:"我可从来没有剪过彩,但为灵山镇第一个公共厕所剪彩,我一定来。"

阿福老头高兴极了,急忙买来了红绸和鞭炮,还到文化站借来了洋鼓洋号,请了吹鼓手。他决心明天大闹一下,要和隔壁的一把火咖啡馆比个高低。

可谁知道,第二天早上一看,厕所里男女之间的隔墙被人戳了许多窟窿,就像一个个小窗户。男女厕所,隔窗相望,这当然不能使用。

事情报告了镇长,女镇长冒了火:"这简直是破坏,非查清不可!"

事情很快查清了,是镇上一个白痴干的。细一问,又说是黄鳝用半斤黄酒、一盘花生米、两个肉包子买通他干的。再一追究,却又是住在阿福老头屋后的那个老头鼓励和指使他干的,而这个老头可不是一般的老头,他有两个特点:一,县委副书记是他的女婿;二,脾气很倔,喜欢发火,发急了还要昏倒,谁都怕他三分。他见阿福在他房子前面造了个厕所,非常恼火,一面给县里写信,一面指使人捣毁厕所。

事情查到这里已不用再查,也查不下去了。怎么办呢? 只有难为黄鳝同志了,镇长将他训了一顿,收缴了他的红袖章,责成他立即补好厕所里的洞洞。

这里黄鳝在补洞,那边一把火咖啡馆里可热闹啦。你看,厕所后面的倔老头,阿福老头门口摆馄饨摊的老太太,厕所对过美味饭店的经理,还有咖啡馆的老板和职工,以及住在咖啡馆楼上的男男女女,全都集中在这里,结成了统一战线,叽叽喳喳地在诉述着这个厕所的罪状,最后组成了请愿队,在倔老头的带领下,浩浩荡荡直奔镇人民政府而去。

正当女镇长"舌战群儒"和大家讲理的时候,"滴滴"开来了好几辆小车,从车上下来不少人,有县卫生防疫部门的,有环境保护部门的,有城建部门的,还有旅游部门的。他们都是为了这个公共厕所而来的。经过实地察看,最后提出:一,地点选择不当;二,化粪池不合要求;三,设施不完备。还有造型不美观啦,通气条件不合格啦,等等8条意见,认为不经过彻底改造,不能使用。

这可难为了女镇长。只得放下其他工作,到处找地址,可是不管选在哪里,马上会围上来许多人表示反对,群起而攻之。因此,找了两天,毫无结果。

阿福老头也在一气之下连夜改装,将"公共厕所"四个字抹掉,另外做上了六个大字:"夜来香小吃店"。

灵山镇第一个公共厕所就这样露了一下脸又不见了,可人们不能不小便,于是又出现了随地小便的情况。接着,桶出来了,缸也出来了,一切恢复原状,一把火咖啡馆门口的墙角上,左男右女两只尿桶照样又摆起来了,可是奇怪,连屁都没人放一个,一切平安无事。

这天,一把火镇长来到十字街口,一眼看见了那些缸和桶,顿时双眉紧锁,心中冒火。这时,咖啡馆里又传出了"一把火、一把火"的歌声,镇长心里冒出了一个想法:要是真的来上一把火,把个灵山镇烧个精光,虽然可惜,但那事情也许会好办得多。当然,这火并没烧起来,而且作为一镇之长,要办的事实在太多,慢慢地也就把厕所的事放下了,时间一长,她也和大家一样,见怪不怪,习以为常了。

(吴文昶)

　　淀湖丝织厂厂长高妮是个只重视生产、不关心职工生活福利的人。她一上任，看管厂职工浴室的张百鸣老汉就碰上大难题了。原来厂里的仓库不够用，高厂长下令将女浴室改建为仓库，男女浴室合并，立下规定：一三五女职工用，二四六男职工用。老张头感到责任重大，唯恐出现什么纰漏，因此，他在日历上凡一三五写上"女"字，二四六写上"男"字。

　　星期六这一天，老张头刚刚撕掉日历，见浴室灯泡坏了，急忙去请电工江文检修。没有料到江文因为上个月上班时间同女友练习男女声两重唱，被女厂长扣除当月奖金，心中有气，说啥也不肯检修。老张头软磨硬缠，江文总算答应。老张头赶忙讨好地帮江文背起电工包，忽然发现里面有条粉红色丝围巾，他正想顺手取出来看个究竟,不料江文大喝一声:"不要乱动,再动我不帮忙啦。"老张头只好作罢。

不消一会工夫,电灯重放光芒,老张头连连向江文道谢,转身走出浴室。老张头收拾收拾准备上班了,浴室里突然飘出一声清脆悦耳的女高音:"泉水叮咚,泉水叮咚,泉水叮咚响……"女高音伴着"哗哗"作响的池水声,真是美妙动听。然而老张头却发呆了,今天星期六,理应男职工洗澡,怎么浴室里会出了个姑娘?这可不是开玩笑的事呀。他想,莫非我老糊涂,日历多撕一张,犯了方向性错误?可一抬头,门口墙上的电子钟,确确实实是星期六。老张头明白了,一定是哪个姑娘趁上班之际溜出来洗澡,洗昏了头,忘记今天浴室属于男人世界。哼,完全有可能,我得提醒提醒她,要是等到男人来洗那就麻烦了。老张头走上前,没走几步,他又停下了,他想里面是位姑娘,我老头子进去,看见姑娘洗澡算啥名堂?再说,这种事讲不清但传得快,要是传到老太婆耳朵里,自己这辈子算完结啰。要叫她出来吧,哇啦哇啦一叫,叫来闲人一帮来看热闹也不妥。怎么办?最好我还是悄悄地请个女同志来,让她进去和姑娘打声招呼。

老张头刚要走,可是已经来不及了。交接班铃声响了,只见男职工背上搭着衣服,手里捏着毛巾、肥皂,正三五成群地向这边走来。队伍前头为首三个小青年,全是长头发、花衬衫,一边走一边摇头抖肩唱"我的梦中不能没有你……"老张头这一急非同小可,这帮小爷叔毛毛糙糙,倘若一头撞进浴室,那后果不堪设想!老张头不敢多想,现在自己唯一办法只有暂时充当警察,来个封锁戒严。想到此,老张头在门口八字步一立,双手一拦,对三个小青年大声疾呼:"慢点,你们不准进去。"

"不准进去?谁规定的?今天又不是轮到女人洗澡。"三个小青年毛巾一甩,仍要朝里走。老张头急了,忙用身子挡住门口。他想稍稍拖一拖时间,等姑娘听到动静,穿好衣服出来,这桩事情也就马马虎虎过去算了。倒是里面那个姑娘偏偏不争气,"泉水叮咚"的歌声又传了出来。门外的几个小青年一听浴室里有女人唱歌,来了劲道,挤眉弄眼地说:"哎,原来你在里面关了个大姑娘,自己在给她站岗放哨。""老头子人老心不老,老甲鱼想吃嫩天鹅。"这可真叫不白之冤,老张头气得大声斥道:"年轻人,说话干净点!"

"嘻嘻,干净点?正因为不干净,所以关在里头洗洗干净。"几个小青年油嘴滑舌,哪把老张头放在眼里,有几个竟架起了人梯,伸长脖子,透过浴室气窗,想拼命朝里张望。老张头火啊,指着他们说:"喂,都给我滚下来!马路摊头上的人体画展看得不过瘾,想看看正宗货呀?谁再敢把眼珠歪到浴室里,当心我送他去公安局!"此时男职工已是里三层、外三层,层层叠叠汇聚一堆,不知发生了什么事。老张头转向大伙,亮开大嗓门说:"同志们,现在浴室里有个姑娘在洗澡,我看这件事只好麻烦哪一位去叫位女同志来,请里头的姑娘出来也就算了。"

大家一听明白了怎么回事,有个腿快的回身就跑。此人没跑出几步,迎头碰上高厂长。高厂长人称女强人,四十五岁年纪,带着一副金丝边眼镜,生得清秀端庄,风度不凡。此人抓生产有一套,但对厂里职工的业余爱好活动从来不闻不问,没事也常板着面孔。今天因为要完成一批出口德国的特急任务,所以高厂长想到各车间转转,正巧碰上慌里慌张那个去叫人的男职工。她不知出了什么事,忙问道:"什么事慌慌张张的?"此人想:与其找其他人,不如让高厂长去处理更合适。便回答说:"男浴室里出了个林妹妹,有人硬要朝里闯,正闹着呐。"高厂长最恨的就是违反厂规厂纪的事,这一听,不由心中来了气,她二话没说,脚底生风,气冲冲地向浴室走去。

此时,听到特大新闻的职工纷纷围拢来。怪也难怪,平日大家在厂里除了生产还是生产,没啥戏唱,现在有闹猛轧轧,比上海人听独唱音乐会兴趣还高，一时间浴室门口吵吵嚷嚷，乱成一团。大伙见厂长大人驾到，立刻止住议论，让出通道。高厂长简短地听了老张头的汇报，抬脚跨进浴室大门。

丝织厂浴室一隔为三，外面一间称门卫室，中间是更衣室，最里面一间才是浴池。高厂长一手推开浴池的门，果然，"泉水叮咚"的歌声又传了出来，高厂长定睛一看，有条白晃晃的人影，背朝着她在搓洗。高厂长正待进一步察看，不料，浴池内蒸汽腾腾，一团团雾气迎面扑来，遮住了她的眼镜片。高厂长摘下镜片，一面擦一面大声说："我是厂长高妮，快出去！"听说是厂长，歌声戛然而止，一个男人惊呼道："别过来，我还没穿衣服。"一个女人也惊叫起来："别过来，别过来。"高厂长万万没有想到会碰上此番情景，羞得满脸通红，转身出了浴室。

守在门外的群众见高厂长只身退出浴室，正在纳闷，高厂长激动地对大家说："情况复杂，浴室里男女同浴，性质严重，影响极坏，一定要严肃处理。"老张头探头朝门卫间一瞧，发现有只电工包挂在墙上，他眼前豁然一亮：莫不是自己刚才离开的工夫，江文把他的女朋友带进浴室里来练对唱？这小鬼吃饱糨糊脑子糊涂啦？练对唱啥地方不能练，偏要进浴室里来？老张头忙把来龙去脉向高厂长详细作了汇报，高厂长点点头，再次向浴室里喊话："江文，你们快出来。"

几分钟后，一个青年人走了出来，他便是小电工江文。高厂长神情严肃地问道："你女朋友哪？怎么还躲在里面不出来？"江文顺手理理湿淋淋的头发，莫名其妙地说："什么女朋友，就我一个人嘛。"

"刚才那个唱歌的女人呢？"江文一愣，转而笑道："她呀，早跑了。""跑了？"高厂长想：浴室门外已围得水泄不通，别说是个人，就是麻雀也插翅难飞。"厂长，她就是从窗口出去的。"高厂长看见江文嬉皮笑脸，拒不交待问题，关照老张头看住江文，自己又进浴室搜查。

这时,浴池间雾气散尽,高妮四周一看,空荡荡的什么也没有:咦,奇怪。她一抬头,发现西窗口有条彩巾在飞舞,她不明白这是怎么回事,便冲门外叫了一声:"老张头,把江文带进来。"

老张头一听高厂长叫,忙扭着江文走进浴室,门外的人"呼啦"一声全跟了进来。高厂长瞪着江文道:"你到底搞的什么名堂?"江文嘻嘻一笑,踮脚从西窗口边上的铁钩上揭开彩色丝围巾,露出一只方方正正的鸟笼。鸟笼里跳跃着一只小巧玲珑、羽毛丰满的鹦鹉,此刻这只鹦鹉尾巴一翘一翘,嘴巴一张一合,对众人频频点头:"谢谢,谢谢。"逗得在场的人忍不住鼓掌叫好。江文对愣在一边的高厂长说:"厂长,说心里话,厂里的生产应该抓,但厂里职工的福利事业和业余爱好活动,你却不闻不问。"江文的一番话,赢得了在场所有人的赞同。是呵,自从高厂长上任,东砍西砍,把厂里所有的娱乐场所都砍掉了,工厂不像工厂,简直像个兵营,职工业余生活枯燥乏味。

听了众人的话,高厂长不禁深有感触,她扶了一下眼镜道:"这件事我有错,怪我只抓生产,不顾职工生活。从明天起,我一定设法改正。"

第二天,浴室门口又贴出布告:自即日起,为方便职工,恢复男女浴室,原仓库撤消。同时开放被关闭的厂办职工俱乐部。厂里面貌大变样,上上下下都说江文动了个好脑筋,因势利导说通了女厂长。

老张头,也再用不着提心吊胆看日历了。

(李溪溪)

院长拾垃圾

　　夏伯力是济民医院的院长,平时他上班靠秘书,回家靠老婆,大小事不用操心,所以养得白白胖胖,还不到四十岁,那肚子就像只正在打气的皮球,一天天膨胀起来。

　　这天晚上,夏院长在外钓鱼回来,刚在沙发上点着烟,七岁的儿子拿着一张纸蹦蹦跳跳地过来了:"爸爸,你看我画的猪。"夏院长乐呵呵地接过来一看,刚想夸奖几句,猛然间,神色大变,一边跺脚喊"糟糕",一边急步跑到写字台上翻了起来。

　　夫人感到奇怪,要过那张纸看了看,说:"孩子画得很像嘛,啥子糟糕哦?"夏院长眼睛一瞪,把纸翻过来说:"你怎么没长眼睛?这是吴秘书写的医院今年工作总结报告,一共14页,现在一张也不见了。"说着又一把拉过儿子,厉声问道:"你把我的材料弄哪去了?"儿子第一次看到爸爸发这么大的火,吓得躲到母亲背后,战战兢兢地说:"那……那十几张纸我……我在背面画完都丢啰!""丢到哪里去啦?""垃圾桶里!"

夏院长听了飞步冲向垃圾桶,一看,里面尽是些鱼刺肉骨废物渣,他炸雷似的吼了一声:"咋个没有呐?"夫人怕儿子吃亏,忙说:"吼啥,吼啥?我早晨倒掉了。"夏院长闻言,双脚一软,头上冒出一层冷汗。他为啥急成这样呢?前面说了,平时夏院长不管大会小会,每次发言,都由吴秘书代笔,眼下上级检查团就要来考核,在这节骨眼上,吴秘书写的发言稿丢了,而这位吴秘书恰恰又去新疆探亲了,你说他能不急吗?

第二天,夏院长破天荒地一早就上班,进了办公室立即抓起电话进行纵横联系,经过七曲八拐弯的查问,终于了解到昨天在济民医院宿舍收的那车垃圾,已经倒入了九号垃圾库。他搁下电话,只身一人急匆匆朝九号垃圾库跑去。

到了那里,只见有个白发老头弯着腰正在捡废纸,一股臭味熏得夏院长连打几个喷嚏。在平时,夏院长见到垃圾车也要捂鼻子,可眼下没有这份发言稿,就应付不了上级检查团,应付不了上级检查团,他的前程就会受影响,相比之下,这些臭味只能算小事一桩了。于是,他不顾一切地钻进了垃圾库。

那白发老头见有人抢他的生意,就挥起铁钩棍,加快速度,把垃圾拨弄得纷纷扬扬,夏院长的眼睛都睁不开了,一怒之下,抖出了院长的威风,大声喝道:"你这人是怎么啦,玩命抢垃圾当饭吃呀?"

白发老头见这人出口不逊,也来了气,头也不抬也嘲弄地说:"怎么,不当饭吃,你挤进来干啥子哟?"夏院长被呛得干瞪眼,想到此行目的,只好强压怒火,忍气吞声地说:"老大爷,请你慢点翻,让我过来找点东西好不好?"白发老头这才抬眼细看,见来人一没背篓二无钩棍,不像是来和自己争捡废纸的,这才解除了戒备,退到一边。

夏院长找了一根竹竿,拖着肥胖的身子,在垃圾堆里翻起来。可是翻来找去尽是臭骨头烂菜叶、破渣碎物,哪有红格稿纸的影子,感到很是失望。忽然间,他想起烟是和气草,外交不可少,这稿纸会不会已经被老头捡了去? 于是拿出一包过滤嘴香烟,递给老头一支,说:"老大爷,抽支烟吧!"老头擦擦手上的灰尘,接过烟去,夏院长又一揿打火机帮他点上。

白发老头深吸一口,便眯起眼睛笑着问:"你到底来找啥子哟?""找一份材料,哦,老大爷,昨天医院宿舍那车垃圾,是倒在这里的吧?""对,对,还是我帮着推到这里来的!""那里面的废纸你捡了吗?""捡了,捡了满满一背篼喃!"夏院长一听,赶忙又递上一支烟,问:"你捡没捡到一叠写了字的红格子纸?"老头想了好一会,才想起来了:"是不是有十几张?""对,对!""揉成一团?""对,就是它!"

白发老头问到这里,忽然多了一个心眼,他眯起眼睛试探着问:"喂,你是干什么的? 要那团废纸干啥子?"夏院长一想,这事我要说得严重点,不然他不当一回事,所以他挺挺胸脯说:"我是济民医院的院长,最近因为工作人员疏忽,丢了一份重要的医学论文,老大爷,你快还给我吧。"白发老头"噢"了一声,低下头,又"滋滋"地吸起烟来,好半天才闷声闷气地说了声:"那团纸我已经带回家了。"

夏院长精神为之一振,高兴得一把抓住白发老头的手,又是摇又是抖,声音都发颤了:"老大爷,你真是个救命的大菩萨,快,快带我上你家去拿。"哪知白发老头站着没动,好半天,才说:"我说同志,这纸是我拾来的,是要卖钱的。你……"夏院长明白了对方的意思,忙点头说,"对、对,现在讲究经济效益,你这纸能卖多少钱?""少说也能卖六七角。"夏院长爽气地说:"那好,我给你五块钱,喝老酒够了吧?"老头也不客气,将钱装进衣袋,这才领着夏院长朝家中走去。

两人约摸走了二十分钟，来到一间破旧房屋门前，白发老头推开门，一股霉味冲鼻而来。夏院长也顾不得许多，进了门就把眼睛盯在墙边的废纸堆上。可那白发老头似乎忘了那件事，只见他放下背篓、钩子，自顾自地走到一张破烂蚊帐罩着的床边，关切地朝里问道："你好点吗？"床上传出了女人微弱的话音："哎哟，我好难受哟。"白发老头听了，急着说："快，我送你上医院。"女人有气无力地说："有啥用，我们缴不起住院费，去了也是白搭。"

夏院长一心惦记着那份发言稿，见老夫妻俩没完没了地说着，反把自己晾在一边喝西北风，心里有些烦，就提醒道："老大爷，材料呢？"白发老头为难地搓搓手，眯起眼睛说："哎哟，真不凑巧，我老婆子病又犯了，我得马上送她去医院。"此刻夏院长在火里，白发老头在水里，一时间把夏院长急得火烧火燎，脱口说道："你老婆住院的事，我帮你解决！快把材料给我吧！"

白发老头露出了笑容。此事，他是早有心计的，因无门无路又无钱，老婆一直未能住进病房，刚才他得知院长有事求自己，真好比瞌睡扔过来个枕头，当时就做好了敲一记的准备。现在见院长拍了胸脯，就点点头，弯腰想去翻那堆废纸。

忽然他心里"格登"一跳，不妥，万一院长材料到手，翻脸不认我这个捡破烂的，怎么办？老头说："人命关天，你先送我老婆去医院吧！""不，先找材料。""不，先送人。""不，先找材料。"老头光火了，他拿出一盒火柴，赌气说："算了吧，我不求你了，你也别找我啰！"说完就要点燃废纸。夏院长顿时慌了手脚，连声说："不要烧，不要烧，我先送人还不行吗？"

夏院长无可奈何地将这对老夫妻陪到医院。因为主治医生见是院长亲自陪来的贵客，就将老婆子送进了一个单间病房。夏院长便拉着老头一起回到破屋，老头在废纸堆拨来翻去，才翻出一叠红格稿纸,说:"夏院长,找到了!"夏院长迫不及待地一把夺过稿纸,借着小窗户射进的光线一看,果然是吴秘书的工整字体,数了数页数也差不多,一下子激动得手都哆嗦了,连忙抖净稿纸上的灰渣,理得伸伸展展,折好放进了手提包,拔腿就走。

夏院长刚回到医院,办公室主任就来告诉他,说上级检查团提前到了。夏院长心中一惊,啊呀,我稿子还没看过哩,可事到如今,他又感到自己是不幸中的大幸,发言稿毕竟没丢,到时候逐字逐句地念,凭自己多年照读的功力,还不是穿着救生衣过河——稳稳当当的?

夏院长马上召开全院职工大会,他踌躇满志,决心要作一个精彩的总结,给检查团留下个深刻的印象。

大会将要开始了,只见夏院长夹着公文包昂首挺胸,神采奕奕地走上台,端坐在靠背椅上,把那叠纸从公文包里取出来,喝了一口茶,清了清嗓子,先说了几句早讲惯的套话。接着他展开纸,对准话筒,一字字地念道:"一个女人的心思……"

台下人一听全呆了:今天夏院长是喝醉了老酒?夏院长也感到不对劲。

就在这时,办公室主任已经蹿上讲台,一看,哎呀一声,对着院长的耳朵说:"这是吴秘书扔掉的一篇小说废底稿!"夏院长大脑里"嗡"地一下,眼前一黑,顿时昏了过去……

(颜　左)

沉重的承诺

　　张老根在县委机关食堂烧了30年饭，最近退休了，在家闲着也无聊，常爱上街走走。

　　这天，他出门不到半小时就风风火火地回来了，只见他眉毛扬，胡子翘，满脸皱纹都在笑，活像捡了个大元宝！一脚踏进门，就欢快地喊起来："孩他妈，孩他妈……"咦，怎么没答腔？张老根打了个愣，这才听见里屋传来"嘘唏嘘唏"抽泣声。顿时，张老根满心喜悦被一桶冷水浇灭了，只得把那逢人就想说的喜讯咽进肚内，很不高兴地走进屋，粗声大气地问："着火啦？遭抢啦？没事你掉哪门子泪啊？"

　　老伴抹了抹眼睛，顺手递给他一份电报，说："老爷子怕不行了。"

"啊？"张老根一声惊叫，脸色立刻大变，一把拿过电报纸，几个瞪眼咧嘴的大字刺得他出了一身冷汗：父病危速回！张老根的身子开始打颤，他见老伴仰着脸等待吩咐，立即骂道："呆鹅，还愣着干吗？快收拾东西，咱们赶火车！"老伴"嗳"了一声，正想去开柜门。张老根猛地又一声吼："慢，让我再想想。"老伴奇怪地回过头，见张老根脸色发白、嘴唇发紫，还以为这个出名的孝子精神上受的打击太大，所以要紧扯扯他的衣角，提醒道："老爷子那么大年纪了，说声走或许就走了，你再要七想八想，怕连句话也说不上哩。"张老根没理睬老伴，他找了张凳子坐下，双手抱住头，一动不动地坐在那里想着心事，气得老伴哼了一声，自顾自收拾起东西来。

就在这时，只见张老根重重地捶了下大腿，态度坚决地说："不去了！""什么？你说什么？"老伴惊叫起来，"这怎么行？你是独子，老爷子病危不回去，家里亲亲眷眷会怎么说？万一老爷子断了气，谁给他披麻戴孝？谁给他下葬？谁给他摔碗、烧纸钱？"张老根一声不吭，待老伴机关枪似的唠叨完之后，才瓮声瓮气地说："过几天马县长要上我们家！"老伴闻听，用手摸摸张老根的额头，有点心惊肉跳地问："喂，我说老头子，你是病了还是神经搭错？我20岁和你撑起这个家，都快35年了，家里没来过一个比科长大的官，今天太阳旺旺的，你说什么痴话啊？"张老根被说怒了，他"嘭"地站起身，火爆爆地嚷道："你真是小鸡肚肠米虾眼，告诉你，刚才在街上我碰到马县长啦！"

说到这，刚才的喜悦又爬上张老根的脸，他端起茶壶"咕嘟咕嘟"灌了几口，缓缓自己的情绪，接着说道："刚才，我正在街上走，猛听有人'张师傅'，回头一看，竟是马县长在和我打招呼。马县长真是平易近人啊，他从自行车上跳下来，握着我的手，问我身体可好，问我退休后还有啥困难。临别时，他还说一定要抽空来我家坐坐！"

老伴一听,眼睛湿润了,她像个孩子似的,听一句咂一下嘴,分享着老爱人的荣耀,见张老根停住话头,觉得很不过瘾,又急着问:"你是怎么说的?"张老根尴尬地搔搔白发,说:"面对这么好的县长,当时啊,我只觉得一颗心'扑腾扑腾'乱跳,仿佛要从喉咙口跳出来,竟连一句完整的话也说不出来。嗳……""瞧你这傻劲,只会在家吹胡子瞪眼睛,一出门,大狗熊一只!"老伴数落到这里,自己也乐了,忍不住"扑哧"一笑,转眼她有点担心地问:"我们不回山东,家里人怎么交代?"张老根想了想,认真地说:"自古忠孝难两全,马县长既然这样看得起咱平民百姓,我老根没说的,先忠后孝了!"

主意打定,老夫妻俩就商量起怎样招待马县长。要说烧、烹、煮,张老根那真是关公舞大刀——拿得起,放得下,可他知道,党的干部不兴这套,但清茶一杯,心里头又觉得过意不去。两人嘀嘀咕咕商量到半夜,张老根才猛地想起马县长是宁波人,新春佳节快到了,下几碗宁波猪油芝麻汤团,那真叫吃在嘴里甜在心里。

第二天,张老根费了好大劲弄来几斤糯米,他细心地淘好、晒干,然后让儿子张强去碾粉。

马县长要上张老根家做客的消息不胫而走,这些天,整条街的居民出门进门都在议论这件事。当然,顶顶紧张的要数街道干部,他们以最快的速度,雇人疏通了粪坑,填平了路面,掉换了旧路灯,还在居委会门口挂出了几块宣传形势的大黑板。就连小菜场,也派了专人去坐镇,防止小商贩哄抬物价。这么一来,引得居民们一见到张老根就竖大拇指:"张大爷,您老功德无量啊!"张老根起先摸不着头脑,待儿子把话说透,说这叫"搭车"、"借光",张老根才转过弯来,托着下巴一个劲傻笑,算是心安理得地接受下来。

春节快到了,街上终于传来一串汽车喇叭声,在家的居民纷纷涌出屋去,兴高采烈地朝弄堂口跑,可不一会,又都垂头丧气地拥着一个绿衣邮递员来到张老根家。张老根一见邮递员,心就剧烈地狂跳起来,他已预感到不是好兆头,伸手接过那份加急电报一看,上面只有五个字:父病故速回! 这五个字像五个响雷,在张老根头顶炸响,他突然泪如泉涌,竟在大庭广众之下,像个孩子似的哇哇大哭起来。

老伴见老爱人难受得这个样子,不由叹了口气:"咱们回山东吧,好歹还能见上一面。"张强也劝:"爹、娘,我陪你们回去。"张老根的额角突然间新添了几道深深的皱纹,那本来清澈明亮的眼睛,一时间变得灰蒙蒙的。他朝县政府的方向瞧瞧,终于艰难地嗫嚅道:"不,我不能回去,我不能叫马县长吃闭门羹!"张强着急了:"爹,马县长说的只是客气话,怕早就忘了这码事。""不、不,马县长亲口对我说的,他绝对不会忘的!""唉,不就是个县长吗? 要来要去随他便,也值得让你像菩萨似的供着、等着?"老伴见爷俩要斗嘴,忙拉过儿子,和稀泥地劝道:"算了,你爹的脾气你还不知道?"

春节终于过去了,马县长没有来;元宵节过去了,马县长仍然没有来;张老根家里搓的那些汤团都起了绿毛,马县长最终还是没有来! 张老根盼来的却是一封长长的山东家信,信中反复说着他老父亲临死前是怎样一遍又一遍地呼唤着儿子的名字;死后又是怎样用力都无法让老人闭上眼睛……张老根一边读信一边哭,终于一病不起。老伴当面不敢说什么,有一天待老爱人睡了,才悄悄向前来探病的邻居讨教:"这马县长咋说话不算数啊?"众邻居你看我、我看你,都不说话。张强在旁边冷冷一笑:"这有啥稀奇,他的话你能当真?"

"放屁!"张老根不知什么时候从床上爬了起来,他睁着血红的眼睛,朝儿子挥舞着拳头:"不许你乱说!""乱说?"张强不服气地咕哝道,"姓马的说话不算数,还不许老百姓骂……"

　　张老根突然显出一副沉重的样子,他朝天望望,朝地看看,终于一跺脚说:"实话对你们说吧,马县长根本没有说要上我们家来,那是我编出来的谎话。""啊!"众人闻声,大惑不解地问:"张、张大爷,您、您干吗要这样做呀?""我、我……"张老根更加口吃了,憋了好久,才说:"我、我想出出风头。噢,不,我想趁机让咱们街道的环境改变一下……"到底怎么回事,只有天晓得了。

　　事情过去好些天了,张家门口又显得冷冷清清。老伴见张老根老是躲在床上唉声叹气,怕他愁出病来,这天一早,硬陪着他上街去散散心。巧的是在半道上又碰上了马县长。马县长一瞧张老根那模样,惊得眼珠都发直了,一个多月不见,原先红光满面、精神十足的老人,竟变得眼神无光、面容憔悴,瘦得快剩一个影子了。"张师傅您老最近怎么啦?"没待张老根开口,老伴气鼓鼓地冲了一句:"还怎么啦,这要问你。""嗬,老嫂子心里好像有气,现在我要去开会,要不待有空我上您家好好聊聊?""不!"老伴倔劲上来了,直着嗓门嚷道,"今天你们俩都在,我倒要弄弄清楚,到底是谁说了假话?"张老根晓得老伴脾气,急得一个劲地跺脚:"我的老祖宗,轻点,轻点,这样影响多不好。"马县长看出事有蹊跷,便站定了身子,问:"老嫂子,我洗耳恭听。""好,我问你,你有没有说过上我家坐坐的话?""这个……"马县长不由地搔起脑壳,县里大事小事千头万绪,谁还记得说没说过这句话,想了半天,才勉强点点头:"嗯,好像说过。""马县长呀,你这个空心汤团可把我们害惨了哇。"老伴鼻子一酸,泪水涌出眼眶。"你呀,你呀……"

　　老伴一五一十地诉说着,每句话都结结实实地敲打着马县长的心,他脸色惨白,身子剧烈地抖动着。他做梦都不曾想到,一句客套话,会给张老根家带来如此严重的后果。一时间,他陷入了深深的沉思之中……

(吴　伦)

迟到的婚礼

县团委书记刘福林一下子成了全县头号新闻人物。事情很简单,县团委要为10对青年举行集体婚礼。

其实这是一年前就决定了的事,10对新人也早定下了,只是刘福林为了扩大影响,特别请了县政府的陈副县长。当时,陈副县长亲口应承,而且亲自写了讲话稿。哪知,就在集体婚礼开始的前一天上午,县政府办公室打来电话,称陈副县长连夜到市里参加抗旱紧急现场会议去了。

没办法,刘福林只得一面通知集体婚礼改期,一面让人指挥收拾会场,逐个对新郎、新娘做工作,让他们再坚持几天。

抗旱工作搞了一个多月。刚刚松口气,陈副县长又去市委党校学习,一去就是半年。回来后,处理完积压的事务,又四处跑项目、下基层,等提及集体婚礼一事时,已经快一年了。这期间,刘福林多次想请县里其他领导参加集体婚礼,但又怕因此得罪了陈副县长,事情就这么拖了一年。

这天,县政府办公室电话通知县团委:"陈副县长说,请刘书记安排集体婚礼事宜。"

刘福林大喜过望,忙让人去布置会场。

这天上午8:55,陈副县长来到会场。他在台上第一排放着写有自己名字牌的座位前落了座,并习惯地朝台下看去,当目光落到第一排时,不由皱起了眉头。

他悄声问坐在身边的刘福林:"不是说10对吗?怎么才来了7对?"

刘福林为难地说:"那三个新娘在家坐月子了,她们的丈夫一个人来也不合适……"

"这个,这个……"陈副县长不知该说什么才好,他再看看台下几个新娘,眉头皱得更紧了,原来有几个新娘都微微挺着肚子。

"这不好嘛,几个月就坚持不住啦?"

刘福林无可奈何地解释道:"他们都是大龄青年,早就领了结婚证。"

陈副县长咽了一口唾沫,摇摇头说:"新娘挺着肚子上台,这成何体统?"

"我已安排好了,陈县长。"刘福林胸有成竹地悄声道,"让那个不是孕妇的新娘,代表全体新娘讲话,其他新娘不上台。"

到这个时候,陈副县长没什么可说的了,只能点头同意。

会议9:00正式开始。奏乐、鸣炮,讲话开始。

第一个讲话的就是陈副县长,他滔滔不绝,一口气讲了一个小时零五十分钟,连讲话稿都很少看上几眼。

接下来是刘福林讲话、来宾代表讲话、新郎代表讲话,会议整整开了三个多小时。

轮到新娘代表邹蕾讲话了,可是掌声过后,却不见她上台。

刘福林坐不住了,离开座位,直奔后台,看见邹蕾在那儿抹眼泪。

工作人员七嘴八舌地告诉刘福林:"邹蕾不肯讲话,她想请假回家。"

"为什么?"刘福林莫名其妙。

"她说,给孩子喂奶的时间已经过了一个小时了……"

"什么?"刘福林头昏目眩,汗珠从额头上渗了出来。

他马上反应过来,用近于哀求的口吻对邹蕾说:"邹蕾同志,你看,陈副县长和大家都在看着你呢。我代表团委,就算求你了,中不中?"

几位工作人员也连说带劝,好歹把邹蕾请到主席台上。

可谁知,新的状况又出现了!才没一会儿,台下人就发现,这位新娘代表粉红色上衣的胸前渐渐湿了两大块,而且面积正不断地扩大着。台下人纷纷交头接耳起来:怎么,新娘已经奶孩子了?

刘福林侧脸望着念稿的邹蕾,不禁揉了一下鼻子,他感到鼻子有些发酸。

(金 一)

官 运 亨 通

决策时拍脑袋,行动时拍胸脯,出了问题拍屁股。

局长宝座

县工业局老局长患肝癌,进了医院就没有再回来,办公室里他那个位子也就空着了。

国不可一日无主,一个局当然也不能长期无头。谁来接替老局长呢?两位副局长,还有一位办公室主任,似乎都是当然的候选人。他们表面不露声色,心里却都在给自己"算命",左算右算,都觉得这局长的宝座非自己莫属,因此一个个都翘首以待,等上级来找自己谈话。

谁知左等右盼,三个人谁也没份,上级派来了一位新局长。

新来的局长姓徐,四十出头年纪,长得身材魁梧、浓眉大眼,显得很有精神。他走马上任后,由办公室主任老潘领着,到各个科室走了走,接着来到局长办公室,一进门就看见靠窗摆着一张特大的办公桌,不用说,这就是局长的宝座。

他微微皱了皱眉,问道:"这办公桌怎么这样摆呀?"老潘忙说:"老局长生前就是这样摆的。"徐局长摇摇头:"还是转个向好,你看,这样坐着,背对着门,有人来访,进门看见的是我的背影。"老潘一拍巴掌说:"噢,我明白了,徐局长的意思是说要面向群众。哎呀,您想得可真周到!""那请你帮个忙,咱们这就把它转过来。"

就这样,局长的宝座由面对窗户变成了面对门户。这一小小的变化,除了两位副局长和办公室主任知道以外,根本没有引起其他人的注意。

哪知第二天早上徐局长上班一看,怪了,办公桌又转了回去。这是谁干的呀?徐局长问两位副局长,都说不知道,又问老潘,也说不了解。再查看办公室,门窗完好无损,也没有撬撞的痕迹。

这究竟是怎么回事?难道是老局长的幽灵作怪?老潘说:"要不要向公安局报案?"徐局长摇摇头说:"算了吧,这点小事何必去麻烦公安局,我们再移一下就是了。"于是又把桌子转了一个向。

谁想时隔一天,第二天早上,徐局长开门一看,办公桌又变成面对窗户了。这连续出现的怪现象,不能不引起徐局长的警觉。当然,他不信这是什么鬼魂所为,看情况也不会是外人所做。那究竟是谁干的?动机又是什么呢?

老潘对这件事也很关心,他悄悄地对老徐说:"局长,照我看,这件事十有八九是哪位副局长干的,因为这办公室的钥匙就我和他们有,再说,老局长去世后,他们都想来坐这个位子,如今落了空,心怀不满,有意来捉弄你。"徐局长说:"事情没弄清,不要乱猜疑。"老潘连连点头:"对对对,局长,这样吧,今夜我来守候,弄他个水落石出。"徐局长点点头:"好吧,那就辛苦你了。"说完,两人又动手把桌子转了过来。

夜里,老潘吃过饭,洗了脸,连电视也不看,早早来到局长办公室,往沙发上一靠,单等那位搬动局长宝座的人来自投罗网。可他等呀等,一直等到深夜十二点,还是没有一点动静。老潘只觉得眼皮子越来越沉重,心想:也许那个人得知我在这里,不敢来了。他不由打了个哈欠,伸了伸懒腰,就在长沙发上躺下,呼呼地睡着了。

他这一觉睡得很香,等醒来一看表,已经是早晨六点了,再抬眼一望办公桌,不由得倒抽了一口冷气,只见局长的宝座又转了身。他急忙从沙发上跳起来,去移桌子。

但没等他把桌子移好,徐局长已经来到了办公室。他一见这阵势,知道昨天夜里办公桌又被搬动了,急忙问道:"老潘,这究竟是怎么回事?"

他这一问,问得老潘脸都红了,不好意思地说:"唉,都怪我,后半夜打了个盹,等醒来,办公桌已经转向了,这事情真怪呀。"徐局长点点头说:"是有点怪,不过你别声张,今晚我来守候,一定要把事情搞清楚。"老潘连忙说:"不不不,这事情还是由我来吧,你就别操心了,我一定亲手把这个'鬼'抓起来。"

为了晚上不打盹,老潘中午睡了两个小时,吃饱晚饭,泡了杯浓茶,拿了两包红塔山香烟,进入了"阵地"。你别以为他沙发上坐坐很惬意,其实独自守夜又不能打盹,这时间是很难挨的。好容易熬到十二点,他觉得肚子不大舒服,就锁了门上厕所去了。可等他从厕所里回来,只见办公室的门开了,一个黑影正往局长的宝座走去。

这下老潘浑身来了劲,心想:"好啊,我看你往哪里跑?"他运了运气,一个箭步冲了进去,一把抱住了那个黑影,喊道:"你是谁?干什么的?"

"哎哎哎,老潘,你干啥?是我呀!"一听声音,老潘知道是徐局长,连忙松了手,又开亮了电灯,问道:"局长,你怎么也来啦?"徐局长笑笑说:"今晚我睡不着,特地来看看,刚才进门喊了几声,不见回答,我以为你又睡着了呢,正想去开台灯,却被你抓住了,你好鬼呀,躲在哪里?""我没躲,只是上了趟厕所。""老潘啊,这件事把你给弄苦了,今晚我陪你,现在你先睡一觉,等我要睡了,我再叫醒你,你看可好?"听徐局长这一说,老潘当然高兴,连说:"好,好,不过我只要打个盹就行,过半个小时一定叫醒我。""行,你睡吧。"

老潘躺下了,不一会儿就鼾声大作,进入了梦乡。徐局长拉灭了电灯,静静地坐在沙发上,一支接一支地抽烟。大约过了半个小时,徐局长也觉得眼皮子重起来了,他灭了烟,靠在沙发上,开始闭目养神。

这一来坏了,他也睡过去了。突然,一声"乒乓"响,将他惊醒了,他一睁眼,只见一个黑影正在移动他的办公桌。这人手脚敏捷,三下五除二就将桌子转了个身,然后放好椅子,坐了上去,还不住地指手划脚,俨然一副局长的样子,好不自在。

徐局长静静地看看那个人的行动,突然拉亮了电灯,大声问道:"谁?"顿时,两个人四目相对,全都愣了。

徐局长惊奇地说:"老潘同志,想不到这事还是你干的呀!"老潘揉揉眼睛,又拍拍脑门,红着脸说:"我……我真该死,明明睡着了,怎么干起这种事来了,这究竟是怎么回事呀?"

徐局长微微一笑,拍拍老潘的肩膀说:"日有所思,夜有所梦呀! 没什么,没什么,我听说梦游症医院还是有办法治的……"

(朱德谟)

河东河西

　　河东、河西，两个乡就隔着条临河。河东叫河东乡，河西叫河西乡。临河上建了一座桥，连接河东和河西。

　　河东的乡长姓张，河西的乡长姓王。说来也巧，张乡长和王乡长是同一年进学堂读的书，同一年大学毕业，又是同一年被提拔为乡长。

　　在县里的乡长们中，张乡长和王乡长都是佼佼者，年富力强，又有学历，工作都很出色，前程不可限量。

　　在乡长的位子上呆了三年，张乡长和王乡长都想早点"上去"。据县里知情人士透露，县里的领导班子要调整，估计要从乡长中挑选一个人。

　　由于提拔的名额只有一个，所以张乡长和王乡长虽然表面上称兄道弟无话不谈,暗地里却互相较劲,都想超过对方,被提拔上去。

机会终于来了。

这一年大旱,三个月没下一滴雨,地里的庄稼都蔫下了脑袋,地上旱得冒烟。

这天,张乡长和王乡长一起到县里参加抗旱布署大会回来,两个人在临河的桥头分手。

张乡长愤愤地说:"他娘的这天,真是,旱起来没完了!"

王乡长附和道:"是啊,他娘的没个完了!"

张乡长问:"老同学,有什么高招?"

王乡长双手一摊:"能有什么高招,县里叫抗旱,抗呗!"

其实,两位乡长都在暗中琢磨:天大旱,人大干。越是大旱才越能显出自己的水平,才越容易干出成绩超过对方。

张乡长回到乡里,着实下了一番功夫。先是召开万人动员大会,然后亲自带领乡里的男女老少,挑水,打井,修渠,不分昼夜地战斗在第一线,深得乡里群众的好评。

猛干了一段时候,张乡长忽地想起,不知道河西的王乡长干得怎样,于是就派文书到河西去打听。

文书回来汇报:"王乡长和您一样,带着全乡群众打井挑水修渠,吃住都在第一线。"

张乡长听了半天没有说话。心想:完了,这回又是分不出高低上下了。

想个什么法子让自己显得比河西王乡长高明一筹呢? 张乡长望着旱得见底的临河犯起了寻思。

望着望着,张乡长心里一亮。对,就这么办!

张乡长叫来文书,吩咐道:"通知各村村长,从明天起,各村抽调十名青壮劳力到河边加固河堤,咱们来他个一面抗旱,一面防洪。"

文书不解地问："这么大旱的天,防的哪家子洪?"

张乡长也不解释:"少啰唆,叫你去你就去。"

文书只好依言照办。

望着文书远去的背影,张乡长想:长学问吧你,大旱之后常是大涝。到时候发了大水,我们河东有备无患安然无恙,那才显出谁高明呢!

河西王乡长当然也没有闲着,一面抗旱,一面也派文书过河打听。

听秘书说河东张乡长调人修固河堤,王乡长微微一笑,说:"杞人忧天。这么旱的天,修什么河堤,真是自作聪明。"于是就没怎么在意。

但后来事情的发展果然不出张乡长所料,旱没抗完,大雨就"哗哗"地来了。大雨下了三天三夜,原来旱得冒烟的地方,转眼间化作一片汪洋。

河东乡果然安然无恙。河西乡则倒了大霉,河堤决口,洪水泛滥,冲毁了无数田地房屋。

河堤一决口,王乡长吃惊不小,二话没说,带领群众就上了河堤。大雨下了三天三夜,河西王乡长也真不含糊,冒着大雨一直和群众奋战在河堤上。关键时刻,他奋不顾身跳入水中堵塞决口,群众见此情景,也一个个跳入水中,手拉手,组成一道人墙,挡住了肆虐的洪流。这场大水,冲走了王乡长所有的家产,王乡长愣是问都没问一句。

县里有十几个乡在这场大水中被淹,于是抗洪救灾中涌现出一大批可歌可泣的英雄人物。

大水过后,县里举行了隆重的抗洪事迹报告大会,河西王乡长因为事迹突出,被指定作重点发言。

一位记者听了激动得夜不能寐,挥笔写下了一篇洋洋万言的报告文学,发表在省报上。这一来,王乡长的动人事迹便频频出现在电视、广播和报刊上,也深深地留在组织部门领导的心目中。

不久,王乡长受到上级通令嘉奖,记大功一次。一个月后,便被提拔为副县长。

再说河东那位张乡长,开始得意了几天,可没多久就得意不起来了。河东乡因为提前加固了河堤,所以没有决口,也就没有出现像河西乡那么动人的事迹,自然就没受到表扬。

一个月后,河东张乡长去县里参加抗洪救灾动员布署大会回来,走到桥头觉得有点累,就坐下来休息一会儿。

正巧这时,一辆轿车开过来,在桥头停下了,河西王乡长从车上下来。此时,王乡长已不是昔日的王乡长,而是王副县长了,这回是下来检查抗洪救灾工作的。

两个人站在桥头,默默无言。

河水也默默无言地流淌着,两个人的身影倒映在水中,就像两个弯弯的问号。

(杜艾斌)

莫名其妙

牟唯坦是局里的笔杆子,每到年底,局长老况都要他写大量的总结材料。

这天,他拿着一叠材料送况局长审阅。

况局长翻了几页,忽然见牟唯坦毕恭毕敬地站在一旁,心里不由一愣:过去他送材料来,总是跷个二郎腿坐在沙发上,一副旁若无人的样子,今天怎么像变了个人似的?

况局长见这事反常,就试探地指指沙发说:"你坐呀,材料我得慢慢看。"

牟唯坦连连摇头:"不急,站着好。"

打那天起,一连半个月牟唯坦都这样,况局长有些感动了,这小青年变得谦虚懂事了。

不久,牟唯坦被破格晋升为正科长。

亲朋好友向牟唯坦祝贺,笑问他用了多少"炸药包"轰开了头儿们的大门。牟唯坦坦然地说:"如果我送了一分钱的礼物,那我就是小人。不瞒你们说这科长升得我也莫名其妙呀!"

不久,牟唯坦又送份简报给况局长,进了办公室,见沙发上积满了灰尘,忙拿个鸡毛掸弹弹,然后一屁股坐下,跷起了二郎腿。

况局长一看,心里很反感:我刚刚提拔了你,你不但不感谢,反倒翘起尾巴来。于是就提醒道:"牟科长,做人可不能搞阴谋诡计啊。"

牟唯坦点点头,附和道:"是呀,我也顶讨厌两面三刀的人。"

况局长一听,沉不住气了,索性把话挑明:"小牟,前些日子你送材料来都站着,让你坐也不肯坐,如今一当科长,你看……"

牟唯坦一听这话,似乎明白了,立刻解释道:"那些日子我屁股上长了疔疮,坐不住啊!"

(潘焕新)

权官玩"火"

穿着料子,挺着肚子,拖着调子,画着圈子。

初次上任

　　有一个办公室,里面只有两个工作人员。一个叫老赵,五十出头;一个叫小孙,三十不到。老赵做梦都想当官,以便印个体面的名片什么的,可一直当不上。最近不当心掉了个手指头,正好外面成立残疾人协会,他就担任了协会办公室主任,从此,便处处以老干部自居。小孙则官念淡薄,整天嘻嘻哈哈、无忧无虑,无官一身轻。

　　这天上午,老赵看看报、喝喝茶,想到自己总算挂上了主任的头衔,心里美滋滋的。但美中不足的是还缺张向外介绍身份的名片,便顺手抄起电话打给印刷厂的朋友:"喂,老兄,就这么几张名片,怎么三天了还没印好? 我等着急用……什么什么? 已经印好了? 好,谢谢! 我马上来取。"想到身上马上就会有主任头衔的"出手货",老赵心里美得无法形容。他放下电话对小孙说:"我去取名片,一会儿就回来。"

老赵前脚刚走,办公室里后脚就进来一胖一瘦两位妙龄少女。小孙眼前一亮,忙站起身问道:"两位小姐什么事?"

两位小姐没有回答,只是笑眯眯地走到小孙身旁,胖小姐递过一张小纸条,瘦小姐呈上一卷大纸头。小孙被弄得莫名其妙,他打开胖小姐的小纸条一看,原来是外省某乡民政部门的一个证明,大意是两位残疾人帮助福利工艺厂推销工艺品,请各机关企事业单位大力协助;又打开瘦小姐的大纸卷,原来是一幅金鸡报晓画。小孙还未看完,胖小姐又递上一张小纸条,上面写着:每幅五十元。

小孙明白是碰上两个哑巴小姐推销画的,便马上说:"不,我们不需要。"见两位小姐无动于衷,他忽然省悟了:两位小姐既是哑巴当然也是聋子,是听不见的。便取过纸笔,把这话又写了一遍。可是两位小姐盯住不放,你不需要也要买。小孙和她们笔谈了好久,可两位小姐丝毫不打退堂鼓,仍然热情而耐心地推销。小孙写着写着火了,忍不住大声说道:"我作不了主,我们领导不在。"

正在这时,老赵喜滋滋地回来了。他听到小孙说"领导不在"的话,又看见办公室里来了两位小姐,便赶紧接上去用领导的口气问道:"什么事? 什么事?"见两位小姐正疑惑地打量自己,便忙掏出刚印好的名片递过去:"什么事请? 说吧。"

两位小姐一看,喜出望外,赶紧"调转枪口"围住老赵不放。胖小姐拿起笔在纸上"刷刷刷"地写下两行字:"赵主任,您好! 一看就知道您是位受人尊敬的老干部,您是残协的领导,最理解我们的困难,请帮帮忙买几幅残疾人画的画吧。五十元一幅。"

老赵这才明白是怎么回事,不由在心里暗暗叫苦:想不到第一次摆派头,就自投罗网遇上了麻烦,要知道自己印个主任名片,不过是图个名声而已。再说残疾人协会也仅仅是个民间组织,没有半点经费来源,要买画,就得自己掏钱,可回家去,老婆那儿无法报销。这么一想,老赵急得不住地搔头皮。

小孙看赵主任的窘相,既想笑又不敢笑,顺手撕了两张"便笺"上厕所去了。

赵主任被逼得走投无路,再想想:既然亮出了主任的牌子,又是自己送上去的,也就不能太掉价,得以主任的身份来处理问题。这么一想,老赵的思路忽然拓宽。他解释了几遍经费紧张无法解决后,便话锋一转在纸上写道:"请问两位小姐,是代表集体在推销画吗?"

胖小姐不假思索地写道:"是的。"

老赵又写道:"那么这样,两位小姐,现在社会上情况较复杂,虽然我是相信两位小姐的,但为了对国家负责,对残疾人事业负责,请两位小姐把画留下,把单位账号也留下,我们保证把钱汇到你们单位的账号上,谢谢你们的配合。"

两位小姐顿时脸色大变,她们互相对望了一下,随即收起画往包里一塞,白了老赵一眼,往外就走。

不一会,小孙上完厕所回到办公室,对老赵大加赞赏:"老赵,你这挂名主任可比正宗主任还有水平啊!"

老赵得意地问:"怎么说?"

小孙说:"那两个姑娘在隔壁厕所里骂你是狗屁主任、铁公鸡、小气鬼,断子绝孙,不得好死!"

"什么?她们不是哑巴?"老赵惊得张大了嘴巴。

(韩仁均)

经理病危

　　县政府宽敞明亮的会议室里坐满了人,张县长正在召开县直属各单位负责人会议,作"五讲、四美、三热爱,整顿机关作风"的动员报告。

　　从烟雾腾腾的会议室来看,会已经开了好大一阵。这时,会议室的弹簧门被轻轻地推开,接着进来一个五十开外的大胖子,只见他左手腕上挽着个公文皮夹,右手捏把棕叶大蒲扇,身上紧绷着一件一百一十公分的尼龙丝短袖衫,浑身长膘,挺胸凸肚,一副发福相。

　　此人是谁?他就是新来的房产公司经理樊明庄。

　　樊经理自己觉得迟到有些尴尬,便在后面角落找个空位坐下,然后打开公文夹,拿出钢笔和笔记本,长长地打了个呵欠。

不一会儿,他只觉得眼皮像系上了秤砣,直往下坠,怎么也睁不开了。嗨!干脆,闭目养养神得啦!

谁知这下坏了。怎么哪?睡着了。

人一睡着便失去了重心,左一歪,右一斜,一歪一斜,"扑通"樊经理摔到了地板上。

这樊经理实在是太胖了,体重一百二十多公斤,这一倒下来那还了得!把到会的人全吓了一跳。人们回头一看,哎呀,樊经理昏倒啦!顿时会议室乱了套,人们都朝樊经理围过去。

"怎么回事?""怕是中了暑吧!""不,可能是脑溢血!""哎呀,要是心肌梗塞那就完了!"

张县长这时也停止了报告,一看这情景,也不免着急起来,说:"快,打电话叫救护车。"于是,有人马上向医院挂了电话,有人赶紧向经理夫人报告这不幸的消息。

樊经理呢?人一翻倒地上,瞌睡虫全给压死啦,只觉得身上摔得好疼,因为太胖,一时爬不起来。如今,见自己身边围着许多人,又听人们七嘴八舌地议论,顿时感到问题复杂了。怎么办?爬起来?不行。今天到会的都是局以上的干部,还有县委的领导,要是让人家知道自己是因为打瞌睡摔了跤,那脸面不全丢尽啦?樊经理这么一想,有了,干脆来个将错就错,决定紧闭双眼,咬紧牙关,装病。

樊经理这一装病,更有好戏看了。会议开得半途而废不说,把张县长等一大帮人还急了个团团转。大家围着"昏迷不醒"的樊经理,又是灌姜汤,又是掐人中,天气本来就热,把个樊经理整治得黄豆大的汗珠直冒。

不一会儿,救护车来了。可是,要抬起这位近三百斤重的樊经理,可不是件容易事,于是张县长叫来四个身强力壮的人抬起他的头和脚,再加上扶腰的、抬腚的,大家七手八脚如同蚂蚁搬蝼蛄似的乱成一团,费了九牛二虎之力才将樊经理搬上了车。

然后，又有几个人在张县长的带领下，跟着上车照护。只听那救护车"呜呜呜呜"鸣着警报，闪动着紫色信号灯，急速向医院驰去。

车子刚到医院，经理夫人也急如星火地赶到了。她一见丈夫那半死不活的样子，顿时一把眼泪、一把鼻涕地号啕大哭起来："我的天哪，你是怎么啦？怎么一下病成这个样子呀，你可不能丢下我们娘儿俩一个人去呀！呜呜……"

樊经理躺在急诊室病床上，听了这阵号哭，心里骂道：咳！该死的，我是没法儿才装的呀，你还来凑什么热闹啊！但又一想：嘻嘻！让她哭哭也好，这样不就更能遮人耳目吗？他正想着，忽听有人喊道："让开，让开，大夫来了。"

樊经理听说大夫来了，微微睁开眼睛一看：我的妈呀！差点喊出声来了。怎么回事呢？原来来的大夫不是别人，而是樊经理的冤家对头陈国正。

事情是这样的：这位陈国正大夫，今年三十二岁，他年纪不大，却医术高明，为人憨厚老实，不懂得世故交往。他找了个对象，只等房子结婚，报告写了一大叠，经过十磨九难的说理，足足等了五年，总算答应分给他一个套间。可是，其他分房户都拿到了钥匙，陈大夫却还是两手空空。据说，这是因为他不但没去经理府上登门"烧香"，还把经理夫人得罪了。那天，经理夫人得知陈大夫急等房子结婚，心想：他不上门"烧香"，我到医院找你开点补药总不成问题吧？于是便来医院找陈大夫，要求开两瓶人参补脑汁。谁知这位不懂世情的陈大夫按常规办事，对经理夫人说："人参补脑汁属贵重补药，不是病情急需，不能开这种药。"堂堂房产公司的经理夫人，哪碰过这样的钉子？她气得脸色铁青，回到家里便向樊经理告了枕头状。正巧第二天，陈大夫要钥匙，单位里找不到樊经理，只好找上他家去。樊经理见了他便故意与他打起了官腔，慢慢吞吞地说："实在对不起，这一次你的房

子还是解决不了。"陈大夫一听,急忙说:"不是定好了的吗,怎么
又变卦呢?"这时,经理夫人从里屋姗姗走出来,不冷不热地说:
"这分房子和你们医院开药一样,都得有个原则嘛!"陈大夫一听
这话,才明白过来,原来是昨天得罪了这位经理夫人。他气得浑
身发抖,说不出话来,一拍桌子,扭头就走了。

今天,樊经理见进来的大夫正是自己的冤家对头,你说能不
吃惊吗? 自己明明是装病,瞒得过别人,瞒得过医生吗? 要是被
他检查出来怎么办? 或者他以医治为名,对我暗地里报复一下,
那就要吃不了兜着走啊!

这时,陈大夫也认出了这位大经理。他心里确也有气,可是
他到底是个忠厚人。他想:房子归房子,看病归看病。于是,他
立即拿起听诊器,认真细致地检查起来。可是经过一番检查,陈
大夫糊涂了:眼前这位经理大人怎么啦? 一切都很正常,怎么会
休克呢? 这患的是什么怪病呢? 他忙问旁人,樊经理的病是怎
么得的。当他听说是在开会时摔倒的,又闻到一股酒味时,便明
白了八九分。于是说:"没啥病,休息一下就行了。"

经理夫人一听,可急坏了,心想:人都昏迷不醒了,你还说没
有病,这不明明是在报复吗? 本想发作,但又想到现在是求人家
的时候,只好强忍着,好言好语地对陈大夫说:"大夫,你看他浑
身哆嗦,一头冷汗,我看是病得不轻啊,你们医生可不能见死不
救呀!"

陈大夫真是哭笑不得,说:"我说没关系就没关系,你不用着
急。"

经理夫人见陈大夫那漫不经心的样子,断定他准是存心报
复,恨得真想跟他大吵一场。可一想眼前还是救人要紧,便一再
和气地说:"陈大夫,你千万救救他啊,关于……"她指指房子,
"那件事,那好说,一切都包在我身上。"

经理夫人胡搅蛮缠,反倒真的把陈大夫激怒了。陈大夫想:

像你们这号人,在我们党的干部中确实少见,是得好好治治,免得有朝一日病入膏肓,到时可真没药救了。陈大夫想到这里,倒想出了一个妙主意。只见他果断地说:"那好吧,先给他打两针强心针!"说着,亲自给樊经理打了两针蒸馏水。这两针,扎得深,推得快,痛得樊经理牙齿咬得"格格"响,心里直把夫人骂:这该死的女人,谁让你多嘴多舌,帮这种倒忙呀!

樊经理正暗暗骂着,陈大夫又给他吊液、输氧,身上还盖上了一床大棉被。你想想,在这样的大热天,一个大胖子能受得了吗?樊经理真是受尽了洋罪,折腾得半死,因为骑上了老虎背,也只得强忍着装病装到底了。

忙过一阵之后,张县长担心地问陈大夫:"现在病人还没清醒,到底是什么病哪?"陈大夫故意大声说:"可能是蛔虫钻胆,也许是食物中毒,说不定还得灌肠、开刀,这就得看病情的发展了。"樊经理一听,魂都吓掉了。人身都是肉长的,这一刀拉开来,那真是活受罪呀!张县长一听也急了,说:"啊,有那么严重?"这时,陈大夫暗暗拉了一下张县长,出了急诊室,说:"他这是思想病,装病!""啊?那你怎么还说要灌肠开刀呢?""嘻嘻!这是我故意说给他听的,只有这样,才能治好他的病。"

樊经理生怕挨刀,趁张县长和陈大夫一走,赶紧拔掉氧气管,一脚蹬开被子,坐了起来。这一系列动作来得突然,把经理夫人吓了一跳,惊得叫起来:"啊,你……"

樊经理急忙用手捂住她的嘴,轻声说:"你叫魂哪,我没有病,我是装的,快帮我把针头拔下来!"经理夫人哪里肯信,还以为丈夫神经错乱了,急忙把他按倒在病床上:"你别动,一切听大夫的哟。"

樊经理一把将夫人推开,又坐起来:"我真的没有病嘛!""啊!"经理夫人吼了起来,"你平白无故装的什么病哟,你还有个人样儿吗?""你叫啥魂呀!待会陈国正要给我灌肠开刀,那不要把我这条老命送了？看来陈国正已经识破了真相,他是变着戏法来整我啊!""这……这可怎么办?"经理夫人想了想,说:"事到如今,只有把房子给他,封他的口,叫他不要把这事张扬出去。"樊经理说:"你不是说要用这房子给老二换个招工指标么?怎么舍得……"

樊经理说到这里,突然门被推开了,吓得他急忙又躺倒在病床上。来人是谁?正是张县长和陈大夫。刚才樊经理夫妇俩的谈话,他们在窗外听得清清楚楚。

张县长忍住气,走到床前,问:"怎么样,好些了吧?"经理夫人神色慌张地回答:"好、好些了,刚才醒过来了。"张县长一语双关地说:"是呀,是应该清醒了,看来还是陈大夫医术高明啊!""是呀,是得谢谢陈大夫。"张县长脸色一变:"拿什么谢?听说你们把分给他结婚的房子,又调给你家老二换招工指标啦?我看还是还给人家吧!"

樊经理知道再也混不下去了,便从床上坐起来,结结巴巴地说:"张县长,房子,我……我这就回去给他。"张县长说:"你不是有病吗?"一听这话,樊经理吞吞吐吐地说:"我……好了。"张县长说:"不!你的病还很严重,我那儿有一副药,明天你到我办公室来拿!"说完,大步走出了急诊室。

听张县长这么一说,樊经理顿时只觉得心里跳得慌,浑身虚汗淌,两眼直翻白,"扑通"倒在床上。怎么哪?这一回樊经理的的确确昏过去了!

(邹章义　柯小玲　傅甘霖)

改名换厂

　　王庄乡有个五星塑料厂,厂长叫张大明,这天下午,只见他急匆匆跑进乡政府大院,推开李乡长办公室的门就嚷:"李乡长,糟啦,税务局来催我们厂交税款呢!"李乡长悠闲地吐了一串烟圈,笑着说:"我道是什么事,原来是缴税款,缴就缴呗。"张大明急了:"啊呀,李乡长,你说得倒轻松,这么一大笔税款,叫我拿啥去缴?"张大明着急,李乡长却不急:"嘿嘿,财神菩萨冒充叫花子来啦? 你别以为我不知道,你们五星塑料厂今年利润有五六十万哩!"

　　李乡长的话犹如一根鞭子抽在张大明的身上,他脸憋得通红,分辩道:"李乡长,利润五六十万不假,不过那只是账面上的数字,实际上这笔钱早已不存在了……""什么?"李乡长坐直了身子，"账面上的数字？那钞票到哪儿去了？""唉，"张大明吞吞吐吐地说，"李乡长，你可真是贵人多忘事，这笔钞票还不是全给吃进肚子里去了。我这本本上全记着哩，你自己看罢。"

李乡长将信将疑地接过本本，打开一看，不由傻了眼。原来本本上记的，都是今年初以来，县、乡各级领导平日来厂里白吃白拿的数额，其中李乡长最多，不仅在厂里吃、拿，就是有时在外吃了、喝了不能开销的，也用白条到厂里来报销。五星塑料厂实际上成了王庄乡的小金库，一年吃下来，竟将几十万元利润吃了个精光，现在轮到要缴税款了，白条总不能当税款缴上去啊。这可怎么办呐？

这下李乡长笑不出来了，只是一个劲地抽烟搔头皮。当一包万宝路香烟只抽剩一只空壳子时，两个人终于想出了一个绝招。原来，根据财税法规定，福利工厂可以免税，只要争取到免税，五星厂账面上的亏空就可以混过去。他们决定设法将五星塑料厂申请改成福利工厂。这实在是渡过难关的好计策。

两个人说干就干，张大明回到家里连夜起草，第二天一早就把申请报告交给了李乡长。李乡长一改往日老牛拉破车的作风，雷厉风行地签上了乡政府的意见和调查附记，并责成乡政府文书迅速办好一切必要的手续。于是三天之后，一份盖了乡政府大印的申请福利工厂的报告就这样堂堂正正地送到了县政府各有关部门。

报告是送出去了，但是更头痛的事情也来了，因为根据规定，残疾人要占到生产工人的一定比例才可转福利工厂，免去所得税。

县里很快下了通知，一星期之后，要派核查小组来五星厂核实情况，张大明真是急得团团转。因为去年五星厂刚开办时，由于接到的生意赚头好，利润高，工厂一下子成了王庄乡的摇钱树，乡里一些头儿脑儿的子女纷纷凭借父母关系，千方百计钻到这棵摇钱树下,而一些生活困难户和身体真正有残疾的青年,却被厂里拒之门外。现在申报福利工厂,若将那些残疾青年请来临时充当一下角色,只怕进来容易出去难。若索性弄假成真将这批残疾人收进厂,老实讲,残疾人手脚总是慢一些,今后生产利润肯定不会像现在这么高。左思右想,难煞了厂长张大明,他只好再摆酒席,连夜请来了李乡长和厂里一批智囊人物,召开紧急会议,磋商对策。

俗话讲:"三个臭皮匠,顶个诸葛亮。"七八个臭皮匠大吃大喝了一顿之后,果然又一个绝招被他们想出来了。不过张大明心里总是吊了块石头,乌龟爬门槛,待看此一番,能不能免税,就看这背水一战了。

一星期很快就过去了。这天上午九时许,县核查组一行五人在李乡长的陪同下,乘坐一辆面包车来到了五星厂。张大明和厂部办公室人员早已恭候在厂门口,见核查组到达,慌忙迎了上去。李乡长抬头一看,哈,厂门口两幅标语在太阳光下分外耀眼,一幅是:热烈欢迎县核查组来我厂指导工作。一幅是:感谢党和政府对我们残疾人的关怀。李乡长朝张大明脸上扫了一眼,露出了会心的微笑。

张大明等一行人将核查组人员引进会议室,敬茶、递烟,忙个不停。稍息片刻,张大明便将厂部部分行政人员向核查组作了介绍。他先指了指身边一个驼背青年道:"这是本厂会计罗小锅同志。"罗小锅点点头算是打了招呼,可怜他腰老弯着直不起来,核查组组长老彭见了非常同情,老彭有一个朋友在上海某大医院,擅长矫正体形,不知道这罗小锅同志的体形能不能矫正,如有可能,他真想请这位朋友帮帮忙,替罗小锅动一动手术。

老彭的眼光又落到另一位双臂支着拐杖的跛子青年身上。张大明介绍道:"这位是本厂的仓库保管员许小跛同志,他家离厂有三四里地,每天拄着拐杖来上班,从不迟到,不容易啊。"许跛子拄着两根拐杖,一拐一拐地走过来与老彭握手,看他摇摇晃晃的样子,如果没有手中的拐杖,肯定要跌倒,老彭连忙扶他坐在沙发上。接着,张大明又向核查组逐一介绍了打字员、聋子青年叶小凤,统计员、哑巴青年毛巧英,总务科瞎子青年王玉龙等人。

老彭听完介绍,微微点头道:"你们为农村残疾人谋求出路开办这么一家工厂,真是不容易呀。不知厂里现在一共有残疾职工多少人?"张大明立即答道:"我们厂共有驼子、跛子、瞎子等生理上有缺陷的职工二十七人,另外还有外观看不出、实际上内脏器官严重损伤以及智残的痴呆人等十七人,共计四十四人,超过了免税规定的百分比。"老彭点点头,说:"好,好,我们是不是再到车间去看一看。""行,大家随我来。"张大明爽爽快快地领着核查组全体人员朝车间走去。

车间里,工人们都在忙碌着。明眼看上去,就能看出他们中间很大一部分是残疾人。细心的老彭粗略数了一下,连刚才看到的统计在内,生理缺陷和智残的工人约摸有四十左右,与张大明说的差不多。这时候,吃饭的时间到了,食堂里散发出来的阵阵香味向核查组人员发起了强大攻势,于是核查便很快收兵,核查人员被一一请上桌。看来核查大局已定,到时候再派人打点礼物去县里有关部门催一催,这税款就可免了。想到这里,张大明抹了一下额头沁出的汗,心里那根绷紧的弦方才松弛下来。

开饭前,张大明向核查组组长老彭和其他组员欠了欠身,不好意思地说:"今天委屈诸位吃一餐便饭,按照有关规定,客饭四菜一汤,今天照顾,外加一只冷盆,请诸位多多包涵。"张大明话音刚落,冷盆就上桌了。核查人员一看,个个瞠目结舌。乖乖,这是什么冷盆哟,盆子是铝制的,足有小圆台那么大,装有牛肉、鲍鱼、肚子、白鸡等各式冷菜。再看紧接着端上来的四菜一汤:对虾、桂鱼、烤鸭、甲鱼烧鸡、香菇嫩鸡,全是特大号盆。核查人员早已饥肠辘辘,扭扭捏捏客套了一番之后,各人的筷子便迅速伸向自己的意中目标了。好在是执行吃客饭"四菜一汤"的制度,所以大家也吃得心安理得。

就在这时候,突然,厂门口传来一阵喧闹声,只见刚才向大家介绍过的仓库保管员许小跛撑着两根拐杖,一拐一拐跌跌冲冲走进来,附在张大明耳边说了几句什么,张大明立刻放下酒杯,向大家拱拱手打个招呼,便随许小跛来到厂门口。原来是王庄乡肖家村村民肖四憨和三妞儿正在门口吵吵嚷嚷。这四憨虽说有点痴呆,但大事情上十分拎得清,他几次缠着张大明,想进厂捧个旱涝保收的铁饭碗,张大明总嫌他手脚不灵活没有答应。今天四憨得知县核查组来厂,觉得自己是真正的残疾人,应该成为福利工厂的当然工人,便约了哑巴三妞儿一起到厂里来找核查组评评理。三妞儿虽然不能说话,但"哇啦哇啦"叫得挺响。

张大明弄清楚了事情原委,眉头不由皱成个疙瘩。此刻,核查组几个人正吃得兴头上,被这两个残疾人一闹,事情再生波折就麻烦了。想到这里,张大明压住火,对四憨说:"进厂的事我们明天再研究,今天我还有事,你们先回去吧。"说罢,挥挥手,叫手下人立刻把他们轰走,自己又急忙回来招待客人。

三妞儿从四憨的手势里明白了张大明话里的意思,这样的空头许诺已有好几次了,她再不上当,坚决要进厂讲个明白。三妞儿不撤兵,四憨自然也不能充歪,门卫轰了他们几次,没想反倒轰出了四憨的憨脾气,两人不顾三七二十一,竟然杀开一条"血路",出现在核查人员面前。

张大明好不尴尬,慌忙站起来解释道:"这两人也是本厂职工,为了一点奖金吵闹,唉,我这个厂长难当哪。"他欺四憨呆,三妞儿听不见,信口雌黄胡说一通。四憨口谈木讷,心里明白,气得两只眼睛瞪得像牛眼那么大。张大明怕事情露出马脚,忙叫站在边上的许小跛将两人拉出去。四憨急了,憨劲发作,劈手去夺许小跛的拐杖，许小跛猝不及防，一根拐杖已被四憨夺去。四憨举起拐杖就打，许小跛首当其冲，一时难以躲避，情急之中，顾不得跛子的许多忌讳，举起另一根拐杖就招架起来。两人一进一退，许小跛尽管失去了赖以支撑的两根拐杖，进退却十分灵活，步法丝毫不乱。

三妞儿见四憨已大打出手，也不甘落后，随手抓起桌上几只酒杯，飞镖一般射出去。其中一只酒杯不偏不倚，正朝靠在窗口听热闹的王瞎子飞去，眼见一场头破血流的惨祸即将发生，众核查组成员忍不住惊呼起来。说时迟、那时快，就在酒杯飞到王瞎子眼前时，只见王瞎子的头微微一偏，酒杯砸在玻璃窗上"砰"一声，在场人个个惊叹王瞎子的眼睛怎么如此灵敏。

哑子毛巧英原来也是来看热闹的，见形势岌岌可危，闹不好要出人命事故，再也顾不上其它，脱口惊呼："快来人哪，四憨、三妞发憨劲啦！"

这时候，罗小锅闻声赶来了，想平日里四憨、三妞儿见自己畏惧三分，现在厂长有难，正是立功时机，便挺身而出，拦住了挥舞拐杖的四憨："四憨，你要干什么？"四憨一看他这副罗锅熊样，心里的气就不打一处来：平日里你看见我们老百姓挺胸凸肚，今天怎么弯腰曲背起来？他一闪身转到罗小锅背后，挥起拐杖照准他的驼背就是一下，只听"咣"的一声响，从罗小锅背上掉下一只搪瓷碗来。

众人这才明白，原来这些所谓的残疾人全是装扮出来骗人的。张大明一看精心设计的西洋镜被四憨、三妞儿当众拆穿，不由长叹一声瘫坐在椅子上。想把塑料厂改为福利工厂的美梦自然化作泡影，等待他们的将是税务和纪律检查这一关。

（严家骖　朱德谟）

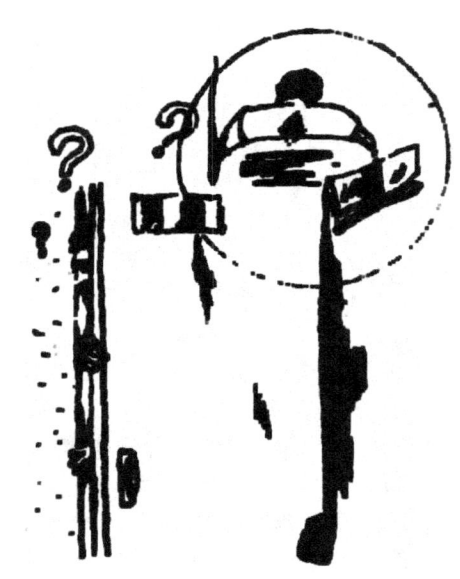

解纸风波

　　院西乡乡长契达华接到县侨联办公室打来的电话,明天下午两点派车去接回家乡探亲的台胞邓戊柄先生。

　　时间紧迫,乡党委为此雷厉风行召开紧急会议,会上,委员们献计献策,忙得不亦乐乎。会议足足开了三个半小时,拟定三个决议:一、乡政府由契乡长挂帅,成立一个接待组,举行欢迎仪式,负责接待工作;二、散会后,后勤部主任火速往县城购买猴头、燕窝、海参、饮料、名烟名酒;三、明天上午,乡政府里里外外搞一次彻底的卫生大扫除,厕所是重点。因为院西乡的厕所是简易粪池,臭气熏天,实在太不像样。一切就绪,紧急会议结束。

　　不料,第二天上午九点,大扫除还没有开始,一辆轿车驶进了乡政府大门。车门打开,从车内走出两个人,一个两鬓苍白、赤色脸膛的矮胖老人，身穿杏黄色西服，打一根花格领带，右手掂根黑漆文明棍；一个双目有神、身材结实的中年人，身穿中山装，左手提个公文包。

契乡长一瞧，认得那中年人是副县长、县侨联主席丁述文。那老人是谁？八成就是台胞邓戊柄。契乡长暗说不好，明明通知我下午派车去接，为啥提前就到？他慌忙迎了上去。"丁县长，您好！"契乡长满面堆笑，然后转向老人，"您老是——""邓戊柄先生。"丁县长忙插嘴介绍。"哦，欢迎欢迎，邓先生，楼上请，楼上请。"

契乡长把邓先生和丁县长带到二楼接待室。三人落座，党委书记、副书记、副乡长等接待组成员先后来到接待室，一一和邓戊柄先生握手问好。大家坐定，契乡长站了起来，环顾一下四周，激动地说："今天，四十年前离开家乡的邓戊柄先生千里迢迢从台北回到故乡，让我们以热烈的掌声表示欢迎！""哗——"顿时满场掌声雷动。接下去，契乡长致欢迎词，邓戊柄先生发言，党委书记讲话……欢迎仪式进行得隆重而热烈。

欢迎仪式过后，乡政府设宴为邓老接风洗尘。席间，宾主举杯畅饮，笑语喧哗，一派喜气洋洋。

宴会进入高潮，邓戊柄先生突然眉头一皱，契乡长忙凑上前，压低嗓音问："邓老，您有事吗？"邓戊柄轻声说："哦，我要出去一下。"契乡长忙抬头对众人说："诸位，邓老有事要出去一下，失陪了！"众人不知邓先生到底有啥事，只好目送着邓先生、契乡长出了宴会厅。

契乡长赔着笑问："邓老，您有事尽管说，我负责接待，一切我说了算。"邓戊柄善意一笑："没啥事，你回宴席好了，我去上趟厕所就来。"契乡长的心一紧，暗想：真是哪壶不开提哪壶。但又不好阻拦，只得快快回到宴会厅。

再说厕所来不及清扫，肮脏难堪，邓戊柄只感到一阵阵恶心，忙伸手去口袋掏手绢，不料"啪"一声，手绢将解纸一同带出来，掉进了粪池。糟糕！这可怎么办？邓戊柄着了急。左边口袋掏掏，右边口袋掏掏，再也找不出半张纸片，一时不知所措，蹲在厕所里干着急。

且说契乡长回宴会厅好一阵，迟迟不见邓戊柄回来，心里不由犯了疑。这时，众人也等得发急，问契乡长邓老出去干啥，契乡长碍于宴席上不便明言，说了句"我去瞧瞧"，便又走了出去。

这当儿，邓戊柄山穷水尽，猛然想到捂鼻子的手绢，不管三七二十一，当了解纸。

邓戊柄刚出厕所，迎面遇着契乡长。契乡长心里像揣着一只兔子"咚咚"直跳："邓老，委屈您啦！请多原谅。唉，可怜我们乡的条件。"邓戊柄若无其事地说："让你们久等了。只怨我不小心把解纸掉到厕所里。""啊！那——"契乡长不知说什么才好。邓戊柄大大方方把手一摊："算啰！走，回去，不要让大家再等啰！"两人重新回到宴会厅。

散了宴，已是下午一点。丁县长向契乡长辞行："明天上午县里要举行台胞茶话会，会后县里派专车送台胞前往张家界旅游。邓老思乡心切，今天一早执意要回院西一趟。现在时间不早，邓老马上要赶回县里，等从张家界旅游归来，再重返院西。请契乡长放行。"

契乡长想到准备尚不充分的接待工作，想到环境卫生，尤其是想到厕所，也就顺水推舟，爽爽快快地同意了。

当天晚上，契乡长再次召开接待工作会议。在会上，契乡长作了长篇发言，仔细、周密地部署各个环节的准备工作，其中一而再、再而三地强调环境卫生。为以身作则，他破天荒自告奋勇承包了厕所的清扫任务。大家见契乡长以身作则，一个个精神抖擞，积极性倍增。

契乡长说干就干,第二天刚吃过早饭,就挑着粪桶、拿着扫帚去扫厕所。当他走进粪池,成群的苍蝇、蚊子飞来飞去,一股难闻的气味直往鼻子里钻。契乡长皱着眉、闭着嘴,卷起衣袖正准备动手掏粪时,一个人急三火四地走来,一边夺过契乡长手里的粪桶、扫帚,一边说:"契乡长,我说您呀,有那么多活您不干,偏偏来干这个脏活。这活是我干的,您不能夺权呀!"契乡长一瞧,是勤杂工龚老头,便一扫刚才的苦脸,乐哈哈地说:"哦,龚师傅,瞧你说到哪里去啦?我就不能干脏活?"龚老头说:"契乡长,您瞧这活有多脏,说啥也不能让您干呀。""我说龚师傅,你可不要这么说,人和人都是平等的。干活嘛,也没啥贵贱之分。难道乡长就不能掏粪?难道掏粪就低人一等?"龚老头身为勤杂工,从来没听到领导对他说过这么贴心的话,心里暖乎乎的,油然而生一份感激:"契乡长,您的活真让我感动,这样吧,我再去取只挑粪桶来帮您干。"说着,就要去找粪桶。

"龚师傅,"契乡长一把拖住他,苦口婆心地说,"哎,你的心意我领了,只是我说来惭愧,当乡长几年,从来没为人民做点实实在在的事情。你瞧,我们整个机关的环境卫生糟成这个样子,我身为一乡之长却一向熟视无睹,不闻不问。惭愧呀!龚师傅,我想乘邓戊柄先生回家乡的好机会,彻底改变一下我们机关的面貌。我主动包下这个脏活,也算是身先士卒吧!"龚老头激动得掉下了泪,走了。

待龚老头一走,契乡长提过粪桶,用粪勺盛得满满的,往肩上一挑,径自往附近的菜地里挑去。来到菜地,契乡长又逐一把粪浇在菜下。每浇一株菜,他动作不紧不慢,目光一眨不眨,活像一个不折不扣的老农。浇完了,抹一把额上的汗,又挑起粪桶朝粪池走去……

就这样,契乡长一担一担把粪往菜地里挑,一勺一勺地浇菜,干得汗流浃背,气喘吁吁。尽管如此,契乡长仍不歇一袋烟,不叫一声苦,拼命地挑着、浇着。

时近中午,契乡长顶着烈日浇着粪,正当这时,契乡长的妻子小林急匆匆赶来,一边递给契乡长一份电报,一边着急地说:"小新他病了。"契乡长伸过沾满汗水、脏水的手接过电报,一看:儿病速来。

契乡长的儿子契小新在县城念高中,电报是班主任发来的。怎么办? 契乡长犯了难:要么马上动身去看望儿子,要么把厕所打扫干净。

契乡长望望妻子,又看看电报,说:"这样吧,你马上去县城看小新。""你不去?"小林发了急。"我还有任务哩。""你、你只知道任务任务,小新还是不是你儿子?"小林昨晚听说丈夫要掏粪就窝了一肚子火,现在见丈夫为掏粪连儿子都不顾了,火气不打一处来,叫道:"亏你还是一乡之长。机关这么多人就你一个人拉屎?"契乡长见妻子发脾气,连忙满脸赔笑:"别发火嘛,告诉你一个好消息……""什么鬼消息? 走走走,立刻去县城!"契乡长心急火燎,说:"别别别,听我说嘛,昨天邓戊柄先生解手时,掉了一枚戒指在粪池里呢。""什么? 戒指?"妻子显然不相信。契乡长看四下无人,忙凑近妻子的耳朵说:"昨天宴会时,邓先生上厕所,后来对我说,他不小心把戒指掉到厕所里了。"

原来契乡长把"解纸"听成"戒指"了。

"真的?"小林兴奋地说。"我还骗你?"契乡长挺严肃,"你想想,像邓先生这样的阔老板,他戴的戒指还会是假货? 一只戒指起码上千元……再说邓先生掉了一枚戒指,还不是像大闺女梳头掉一根头发,要是咱们能掏着……"小林一听,忙把电报往口袋里一塞,道:"那还等什么呀,咱俩一块掏吧!"

(张安生)

推销脐橙

　　一辆"奥迪"驶进古榕乡政府机关大院,马副县长钻出轿车,不声不响地走到四楼唐乡长办公室。这时才八点钟,正是上班时间,唐乡长办公室却房门大开,空无一人。马副县长感到奇怪,正想叫人,忽然听到办公室套间里头有动静,侧耳一听,是麻将声。马副县长顿时无名火起,"笃笃笃"敲了几下房门,大声嚷道:"小唐在吗?"

　　唐乡长果然在里头。这几天他刚迷上麻将,早上把全体干部打发下村后,牌瘾袭来,手痒难忍,就找来几位牌友,关门办起了"矶砖厂"。正玩得起劲,忽然听到有人直唤他小唐,知道来头不小,把门打开,见是马副县长,吓得五脏俱裂。

　　但唐乡长毕竟在官场上厮混多年,惊慌片刻又镇静下来,伸手迎上前去:"啊呀!马县长!今天什么风把你给吹来了。怎么也不先打个电话?来、来、来,坐、坐、坐。"接着又冲楼下大喊:"小罗!小罗!快点,香烟、水果买些来,要好的!"

然而,马副县长今天却不吃这一套,摆摆手,阴沉着脸道:"看来你们够忙的,啊!别再忙了,我今天是来检查工作的,想看看你们山地开发情况。"

唐乡长点头如舂米:"哎,哎,我这就给您汇报。"

马副县长一摆手:"汇报我看就免了,上次全县乡镇长会上已听过,知道你们得了奖旗。啊!这次我们要实地检查,不能老停留在汇报上,你们大岭村不是集体开垦一千亩橘子山吗?就去那里看看好了。"

一听要看实地,唐乡长吓了一跳。为啥?因为,他凭着多年的从政经验知道:每一次无论上头的任务讲得如何硬,完不完成实际上都无所谓,只要牛吹得好就能过关。吹大牛得大奖,吹小牛得小奖,不吹牛就挨批评。这次山地开发任务他一亩没完成,却心里一横,吹了一个大牛,编造出一连串假数字,报了超额完成任务,得了奖旗,拿了奖金。没想到这回马副县长却动真格的要看实地,拿什么给人看哟?但他毕竟是块老姜,脑筋一转,又有了应付的办法:"啊呀!不巧,前两天公路塌方,大岭村车子进不了呀!"

"噢,这么巧?不要紧!车子开到哪里算哪里。不行,我们还可以走路嘛!过去没有车子,还不都是靠两条腿走?"马副县长起身挟起公文包就要走,"走走路也是锻炼,放松放松嘛!走走走,一起去看看。"

唐乡长这下慌了,以往领导检查工作都是人马未到,电话先行;听听汇报,吃好就行。这回马副县长却一反常态,好似变了一个人,不但搞突然袭击,而且还一定要看山场,像是存心要捅出个娄子来。他一时无计可施,也只好跟着走,嘴里赶忙改口:

"也好,也好,这几天养路工都在抢修,也可顺便看看到底通了没有,也许还不要走路呢。"他嘴里说着,脑子却像磨盘一样翻转着,考虑下一步的对付办法。

一顿饭工夫,车子开到大岭村,唐乡长的办法也有了:留马副县长在村吃午饭,让他下午去看,午饭时把他灌醉,不就去不成了吗?

然而唐乡长下车到村部一看,却暗暗叫苦:村办公楼铁将军把门,村干部全部干活去了。他转了一圈,一个人影也没找着。这下可急了:这一头,马副县长急忙忙就要看实地;那一头,连一个应付的人也没有。刚才他还在向马副县长夸耀如何如何亲自到山场指导,如何如何抓落实呢。他急中生智,在紧要关头,脑筋一转,又想出了个招数:随便带到哪个山头转一转,总能碰上一两片私人果山,让其张冠李戴,顶替顶替,蒙骗过关便罢。

于是,唐乡长带着马副县长一班人在山上瞎转了起来。可是事情偏偏捉弄人,他们走的那条路压根儿碰不上一片橘子山。绕过一道山冈,唐乡长说:"快了,快了,前面就到。"绕过一道山冈,唐乡长又说:"快了,快了,前面就到。"接连绕过七八个山冈,连橘子山的影子也没见着,直累得马副县长上气不接下气地冒着虚汗,两眼瞪得比铜铃还大。唐乡长吓得大气不敢喘,心里直骂:这天杀的,看来乌纱帽今个就要丢这里了!

又绕过一个山冈,还是见不到橘子山,马副县长终于发火了:"怎么还没走到? 啊! 是捉迷藏呢,还是干什么?"

唐乡长面如土色,望见前面山口蛮开阔,眼睛一闭作最后一赌:"前面山口就能看到了。唉! 远是远了一点。"

真是天无绝人之路,到那山口一看,果然山脚下有一大片橘子山,唐乡长一下由悲转喜,嘴巴活络起来:"右边挂果的那一大片是我们早年种的脐橙、血橙;你看那红红的一大片是福橘;左边这一片就是我们这次新开垦的,准备用来种芦柑,你看,坑已挖好了;那几幢房子是场部;从山脚那条公路走,更是远十倍不止……"

马副县长看着看着,忽然脸色由晴转阴。唐乡长以为被看出破绽,吓得豆大的汗珠直往外冒。

谁知不一会儿,马副县长的脸色又由阴转晴,乐呵呵地表扬道:"好哇! 你们这才像干事业!"接着又说,"这倒使我想起一件事来,县里每年春节团拜会,各乡镇都安排拿一些土特产。一个,相互交流交流;一个,看望看望省地领导,慰问慰问老干部。我看今年你们乡不搞别的,就这脐橙,啊,又大又好看,弄它三五吨去。"

唐乡长这才松了一口气,满口"哎、哎"地应个不停,心里却暗暗叫苦:这橘子山还不知道是哪地方的呢!

马副县长终于被蒙骗过去,满意地离开了古榕乡。

唐乡长回到家一打听,才知道他们已走出了县界,那一大片橘子山是邻县一家国营果场的。无奈,唐乡长只好花高价去那家果场买了一万斤脐橙,给县里送去。

可是,打那以后,县里每一年团拜会,给古榕乡的任务都是一万斤脐橙,唐乡长哑巴吃黄连,只好花高价到邻县那家果场去买。更要命的是,古榕乡的脐橙在县里出了名,经马副县长介绍,要求购买的关系户不断增多,唐乡长成了那家果场的推销员,高价买进,低价卖出,好在花公家的钱,买个人的名气,唐乡长也不敢揭破,所以一直把"脐橙事件"严严实实地藏在心底。

直到这一年,马副县长正好要调到这个邻县当县长,这才使唐乡长为这件事犯了愁。为啥?"脐橙事件"瞒不住了呀! 而且唐乡长还担心:马副县长那种人可能还会升,说不定哪一天当上地委书记,还不是要了自己的命? 经过激烈的思想斗争,唐乡长决定把真相告诉马副县长。

这一天,马副县长离任到古榕乡告别,唐乡长陪他,杯来盏去,开怀畅饮。酒过数巡,唐乡长操着转不过弯的舌头说:"马县长,有件事我一直瞒……瞒着你,我想是到了该说的时候了,不然,老……老放在心里,不舒服。"

马副县长眯着眼睛,问道:"啥、啥事?你尽管说。"

唐乡长耷拉着脑袋:"橘……橘子山……"

马副县长拍一拍唐乡长肩膀:"别……别提!我早知道那是一家国营果场。嗨!我早知道你们山地开发搞……搞假,什么开垦几千亩橘子山,屁!那家果场派人推销橘……橘子苗,你们一张合同也没……没订,是不是?我那次检查就是冲……冲这来的。"

唐乡长被说得惭愧万分,脑袋垂得更厉害了。

忽然,马副县长举起酒杯说:"来,我还应该感……感谢你呢!"

"感谢我?"唐乡长举着杯子哪里敢喝。

马副县长见唐乡长不解,附耳道:"那家果场是我退休在家的老头子承……承包的。"

唐乡长沉思片刻,猛然醒悟。

"哈哈哈哈"两人对干一杯,失声大笑起来。笑声传得很远,很远……

(谢元清)

气功打靶

　　最近,古榕乡的武装部要组织每年一次步枪 100 米射击比赛,新调来的武装部邵干事一到任,就赶上比赛的筹划工作,一算下来,需要一万多块钱的经费。那么多钱,到哪儿去弄啊? 他急忙向部长办公室走去。

　　郭部长跷着二郎腿在哼京剧,邵干事小心翼翼递过预算单,说:"郭部长,这事儿难办啦!"

　　郭部长扫了一眼预算单,鼻子里哼了一声:"看把你急的!这么大的乡,万把块钱还不是九牛一毛。喏,你给我开一张一万五千元的收款收据,我找乡长批去。"

　　"一万五? 我的妈呀,上次我去报销几十块差旅费,乡长还叫乡财政吃紧呢!"邵干事说这话时,两眼瞪得像灯笼。

郭部长有些火了,把预算单往桌上一扔,说:"啊呀,你怎么这么啰唆。我叫你开你就开嘛!"他呷了一口茶,又压低嗓门说:"找乡长批钱,我有我的招数,你急什么?你呀你,这些方面要多学学,要不有朝一日把担子交给你,怎么吃得消哟。"

批钱还有什么招数?邵干事弄不明白,但还是照办,开了收据,郭部长接过来,往马乡长办公室走去。不一会,他就领回了乡长"准付"的批示。邵干事看傻了眼,半天没憋出一句话来。

郭部长笑了笑,问他:"你说我们一等奖为什么要设价值一千多元的高级毛毯?"

"为什么?"邵干事更加感到不解。

"看来你是真不懂了。我们马乡长是远近闻名、百发百中的神枪手,这一等奖不搞大一点,能对他有刺激吗?"郭部长摸摸胡茬,得意地笑了。

"哦,原来如此。"邵干事一拍后脑勺,才恍然大悟。但转念一想,又担忧了,"万一马乡长有个闪失,拿不了第一名……我说这风险也冒得太大了吧。"

"你别一万、万一的,还是把你的准备工作做好再说。我跟马乡长相处这么多年,他的功夫怎么样我还不清楚?到时让你开开眼界,才知道你的担心是多余的了。"

邵干事挠一挠后脑勺,心里总有些不踏实。不过他还是带人整靶场、挖掩体、批枪支、调子弹、备伙食、买奖品,把各项准备工作做得妥妥帖帖。

转眼就到了比赛的日子。这一天,跟往年一样,乡直各单位的头头脑脑都汇集在靶场上。比赛开始,十几支枪,枪声阵阵,响彻云霄;百十号人,人声鼎沸,激荡山谷。

好戏压台,郭部长跟往年一样,把马乡长安排在最后打。

马乡长上场了,此刻上百双眼睛正盯着他。邵干事担任指挥员,内心更是紧张无比。"嘀!嘀!嘀!嘀!嘀!嘀!"一阵急促的隐蔽哨吹过,邵干事下了口令:"目标!正前方100公尺,一号胸环靶,表尺一,卧姿装子弹!"

只见马乡长闪出队列,双手一振衣领,像平时做报告一样"嗯哼"一声干咳,迈着方步,大大咧咧走近1号靶台,猛地吸两口香烟,朝空中喷一道烟雾,随后将烟头一弹,挽起袖子,拾起枪支,"啪哒"打开枪刺,"噼哩啪啦"推拉几下枪机,从从容容地卧下,"呼呼呼呼呼"未等指挥员下口令,五发子弹就麻利地射出枪膛。

随着"嘀—嘀"一声哨响,报靶员冲出掩体,在1号靶稍加辨认后,示靶小旗在胸前横着划拉五次,大声嚷道:"命中五发,五个10环!"全场顿时爆发出热烈的掌声。

马乡长一激动,招一招手,叫报靶员把靶子扛了过来。邵干事上去一看,惊呆了——发发子弹尽穿10环白圈。

打那以后,邵干事做梦都想学到马乡长打靶的招儿。但只可惜他是个小干事,没有说话的份儿。

这一年,机会终于来了,郭部长调任乡政府副乡长,一年一度的射击比赛筹划工作落在了邵干事的肩上。邵干事把从部长那儿学来的招数用上,果然非常顺利地批来了经费。比赛这一天,邵干事把马乡长请到射击场,让他当众为参赛对象传经送宝,做示范。

马乡长不客气,也不吝啬,他叫邵干事将参赛的百十号人集合起来,乐呵呵地走到队列前,挥一挥手说开了:"打靶,依我看有两种打法:你们三点成一线地瞄,那是最笨拙的传统打法;我的这种打法,我把它叫做气功打法。啊!那就是用心去瞄,用心去打,靠意念,靠第六感觉——这一点只能意会,不能言传,关键是要多体验,所谓'功到自然成'嘛,到了炉火纯青的地步,子弹就能听话了,心想到哪,子弹就能穿到哪了……"

这是多么新鲜的理论呀,邵干事听入了迷,掏出笔记本,"刷刷刷"不停地记录着。他心想:应该好好把这一理论总结提炼一下,对搞好以后的射击训练一定极有指导作用。

马乡长传授完他的秘诀,全场"哗……"爆发出热烈的掌声,邵干事特别激动,手都差一点拍肿了。接着开始做示范,只见马乡长提着一支枪进入射击位置,从从容容地卧下,"呼呼呼呼呼"扣动了扳机。

一会儿,报靶员跳出掩体,看过马乡长打过的靶后,把小旗往胸前划了个大圆圈,大声嚷道:"零蛋!"全场顿时傻了眼,静得一根针掉在地上也听得见。

这简直是出了邪!马乡长换了一支枪,运足气,又压进五发子弹,"呼呼呼呼呼"放了五枪。报靶员出来,还是划了个大圆圈,大喊:"光蛋!"

马乡长哪里会服气,叫报靶员把刚才打过的靶子扛过来,大家围上去一看,靶子光光的,哪里有枪眼!

马乡长的脸立刻"刷"地变成了猪肝色,把枪一摔:"娘个希匹,这破枪准有问题!"说完,扬长而去。

这是怎么回事?邵干事吓出一身冷汗,心想:这些枪明明由县武装部枪械员校过,怎么会有问题呢?他见马乡长生那么大的气,靶也打不成了,像闯了祸的孩子,赶忙收场回家,向刚出差回来的老部长求救。老部长听后大吃一惊:"怎么,你跟我那么久,这一招还没学会?"

什么招?原来马乡长是青光眼,每一次打靶都是吃"光饼"。郭部长为了讨好他,好批经费,自从请他第一次打靶起,每一次都亲自为他报靶,报假成绩,拿别人打过的枪眼欺瞒他。马乡长一直蒙在鼓里,还真以为自己打得准,居然总结出一套气功打法来。

邵干事听后,半天说不出话来。

(谢元清)

权 谋 有 术

有票子的不如有门子的,有门子的不如有位子的。

烧掉的秘密

　　五十多岁的王局长住院治疗了一个多星期,但一直都不清楚自己到底得的什么病。

　　这天中午,他偷偷溜进医生办公室,匆忙中偶然看到自己病情的不幸消息:"王占山……肠癌……通知家属……"

　　王局长内心一阵酸楚,一种英雄末路的悲哀,涌上心头。他顿时思绪万千……也许是行将就木的人常有的心理作用吧,他觉得以往曾做过不少受到良心谴责的事。

　　但王局长一生谨慎,思虑周密,所以做下这种事从未有人察觉。这时,一个奇特而大胆的念头突然从他脑海里跳了出来。

　　他回到病房,"刷刷"连写了两封信:

高强：

记得1985年组织部来人，准备把你作为重点培养对象，对你进行全面考核。我作为主要负责干部，说了一些不实之词，故意说你有"不正当的男女关系"，结果让你背了十多年的黑锅……

我快要死了，你能原谅我吗？

王占山　×月×日

老张：

我的老同学，我对不起你。当年你追求绛玲——后来她成了我的妻子，其实我知道，她也钟情于你。那时我正害单相思，为了得到她，我写了封诬告信，说你"恶毒攻击旗手"，害得你坐了好几年的牢……

我将不久于人世，你能宽恕我吗？

王占山　×月×日

王局长在信上分别署上名后，眼睛都湿润了，显然是被自己的真诚、悔恨和良知的回归所感动。他写上地址、贴足邮票，准备在适当时机寄出。

这时年近花甲的妻子来了。她告诉他，这个星期就可以出院。

王局长听了，带着一副哭腔说："你们都在骗我，我不久就会死的。"

妻子认为他已被病给折磨得十分脆弱，没答理他，只管收拾东西，做出院的准备。

第二天一早，王局长便找来医生，不死心地问："医生，我还能活多久？请你说句老实话，我到底得的什么病？"

医生被他搞得莫名其妙，说他患的只是大肠局部溃疡，明天就可以出院。

为了证实一下,两人来到装病历卡的档案柜前,才发现由于护士粗心,把档案柜上的姓名搞错了。

一场非同小可的虚惊!

这时,欣喜若狂的王局长如青春附体,回到病房,一边哼着小曲,一边麻利地收拾自己的东西。

当他拉开床头柜的抽屉时,却吓坏了。因为他突然发现,他写的那两封信,不见了踪影。刹那间,他脸色煞白,汗流浃背。

等到下午,他妻子来了,见他这模样大吃一惊,连忙问道:"你这是怎么啦?"

"我的信,我的信呢?"王局长拍着腿,大声叫道。

"我替你寄出去了。"

"寄出去了?"

"嗯,就投到咱们楼下那个邮筒里。"

王局长无力地瘫了下来。

十多分钟后,他醒过来,不仅重重地掴了妻子一耳光,还一边左右开弓打自己嘴巴,一边歇斯底里大骂自己:"我这个混蛋!怎么会写出那些东西哟! 傻瓜,王八蛋……"

他知道,那些见不得人的东西,一旦送到朋友和同学的手里,将意味着什么。

这一夜,他睡在家里,但却是在噩梦中熬过来的。

第二天,有人敲门。听到敲门声,他就胆战心惊,待他将门打开,便吓得倒在沙发上。

来人问道:"请问,您家这两天谁写过信?"

"我,是我。"王局长回答时有些吞吞吐吐。

来人说着话,拿出一张烧剩下的纸片,那是信封上写着寄信人地址的一块纸片。

"这是您寄的信?"

王局长一惊:"怎么烧了!"

"我是邮局的,你们楼下那个邮筒被人塞进了未熄灭的烟头,信差不多都烧了。剩下这些留着寄信人地址的纸片,我们尽可能通知到,让各位重写。"

"都烧了,一封也没留下?"

"是的,全烧了。"

"吁——"王局长长长地吐了口气。

把邮局同志送走以后,他一个转身,连打了两个响指:"哈哈,烧得好! 烧得好!"又迅即掏出打火机,"啪"地点燃,把剩余的纸片烧了个片甲不留。

(杨　林)

冒牌的书记

郭书记到南桥乡上任的第三天中午,为应酬县里的灭鼠检查组,醉倒在乡政府招待所的房间里。

他刚躺下,新调来的招待所食堂司务长老严头跑来报告说,刚接到县里紧急电话,地区公厕达标检查组抽查到本乡玉榕村。检查组已从县里出发,马上就到,指名要第一把手亲自作陪。

郭书记一听,虽然醉眼朦胧,心里却很清楚:现在各种检查多如牛毛,如果哪次检查第一把手不出场,那就吉凶难卜了。可是自己实在不会喝酒,光是中午这一顿,已喝得两眼昏花、脑袋发胀,东南西北都分不清,怎么能去陪检查组?

这时,一旁的秘书想了想,走到床边说:"郭书记,你安心躺着吧,这事我来处理。"说完,秘书退出房间,心急火燎地想着对策。

　　眼下,能名正言顺接待检查组的,只有乡长,可乡长又下村收粮去了。想要冒名顶替,乡政府上上下下大小干部,个个都与村里混得透熟,谁顶都露馅!

　　正当秘书急得抓耳挠腮时,老严头又跌跌撞撞跑来:"不好,通信员在楼下喊,检查组已经来了。"

　　秘书看见老严头,情急之中忽然有了主意:"老严头,你是新来的,只有你能顶替郭书记。"说完,不容老严头开口,一把拖着就跑。

　　老严头到乡里之前,曾开过酒店,官场上那一套见得多了,平时他就爱装腔作势打官腔,这下听说要他顶替书记,心里在想:平时都是我侍候别人,这回让别人侍候侍候我,尝尝当官的味道,蛮好。再说,替书记做事,往后还能吃亏?

　　这么一想,只见老严头抖一抖衣领、撩一撩油亮的头发,腆着肚子,拿出第一把手的风度,在秘书的介绍下,迎候、握手、寒暄,猴子戴官帽,还真像有那么回事。片刻后,他陪着检查组登上了丰田牌面包车,直奔目的地——玉榕村。

　　玉榕村的江村长听说新上任的郭书记带领地区检查组驾到,喜不自禁:新书记上任没满三天,第一站就到我们村,这不是一个好兆头吗? 以后一定是时来运转,步步高升! 江村长围着老严头书记长、书记短地叫着,直把老严头哄得头重脚轻,天旋地转。

　　俗话说:检查检查,抽烟喝茶;评价高低,全在酒席。走马观花一番后,一行人在村长的安排下,步入了小餐厅。

　　大千世界怪事多,这里的老严头在冒充郭书记,却不料此时此刻,有人正在冒充郭书记的儿子!

　　郭书记的儿子叫郭新槐,在县木材公司当经理。最近公司有一笔货款被人拖欠,因而无法偿还银行的 10 万元贷款,为此,银行发出了最后通牒。郭新槐急得走投无路,他想起南桥乡玉榕村木材资源广、家底厚,为了公司的生存,他只得向玉榕村求援。江村长接到电话,虽说从未见过郭新槐,但书记的儿子要借钱,这人情哪能不做? 正好村里木材招标承包收了十几万元现金,于是便在电话里一口答应。

郭新槐自然是喜出望外,这天下午办完公事,就骑上摩托车赶去玉榕村借款,谁知车子刚离城就出了故障,只好推进路边一家修理店。

就在修车师傅埋头卸胎、他自己又上厕所的时候,一个贼胆包天的江湖骗子恰好经过,骗子看见摩托车车把上挂着一只拉链半开着的公文包,里头有一个信封,说不定是装着钱的,便顺手牵羊偷走了信封。跑到一个僻静处,打开一看,虽无钞票,却发现了一封介绍信和木材公司出具的一张借款10万元的收据。骗子见有机可乘,便雇了一辆小车,抢先赶到玉榕村。

那骗子并不知道所谓的"郭书记"——老严头已先到村里,所以脚一点地就找江村长要钱。

可是,江村长毕竟是阎王爷的阿爸——老鬼,他想:10万块钱不是小数目,再说和郭新槐又是初次见面,既然他父亲来了,还是让他父亲认一认为妥,于是拉着骗子来到小餐厅。

江村长一踏进小餐厅的门就喊:"郭书记,你家公子来啦!"

此刻,老严头正与检查组里的人杯来盏去、猜拳行令,忽听到江村长这一声喊,忙扭过头,老严头不认识郭新槐,见一个小分头站在身后,顿时庙里长草慌了神:你这小子,我没有来时你好来,我走了以后你也好来,早不来、晚不来,偏偏现在来! 这个时候的老严头,急,急得额上冒汗;慌,慌得小腿打抖;恨,恨得心里骂娘。他眼睛瞪着,嘴里像塞了个糯米团,作声不得。

而那骗子刚才听喊"郭书记",吓得五脏俱裂,想夺门而逃,可这里又不是荒村野郊,哪里逃得了? 他又惊又慌,整个身子像泥塑木雕的一样，动弹不得。

老严头不愧是闯过三关六码头的老江湖，他见"郭新槐"没有当场说破真相，以为郭书记对儿子已有所交代，连忙给对方使了个眼色，端起一杯刚才猜拳输的酒，说："你来得正是时候，替老爸喝一杯！"

骗子见"郭书记"错把自己当作他的儿子，便断定他喝醉了酒看花了眼，心中暗喜，不管三七二十一，接过酒杯"啾——"的一声，喝了个底朝天。

江村长一见，赶紧鼓掌助兴："父子相见，要连干三杯！"

那骗子虽然没有完全弄清楚怎么回事，但觉得路还没有被堵死，也就壮着胆斟满一杯酒递过去："爸，咱们难得在这儿相见，来，我敬你一杯！"

这一声"爸"，直叫得老严头一身轻松，只以为郭书记的儿子心领神会，与自己配合了，乐呵呵地接过酒，一仰头倒进肚子。

到了这个当口，骗子的贼胆更大了，一会儿给"爸"敬酒，一会儿给全桌人斟酒，直把老严头灌得晕晕眩眩，醉眼看人，人人都三头六臂。

酒足饭饱，江村长二话没说，领着骗子到出纳室办了借款手续。骗子将10万元现钞装进密码箱，大摇大摆钻进小车，扬长而去。

老严头与检查组一行人在村长办公室喝了几杯浓茶，看看天色不早，也各自带一份土特产，打道回府了。

江村长送走检查组，松了口气，可一支烟还没抽完，"呜——突突"驶来一辆摩托车，从车上跑下一个肥头大耳的胖小子，心急火燎地找他，说是来借10万元款子。来人正是修好摩托车后赶来玉榕村的郭新槐！

江村长见了大吃一惊：今天是什么日子，怎么刚送走一个郭书记的儿子，又来一个？心里断定是个骗子，便一边把人稳住，一边暗中去叫手下的人马。

人到齐后,江村长立刻翻脸:"你是郭书记的儿子？有证件吗?"

"有,有。"郭新槐说着,伸手到公文包里一摸,脸色突然一变,半天不敢抽出手来。

江村长一拍桌子:"你少给我耍花招！真是吃了豹子胆,竟敢在太岁爷头上动土。给我拿下!"

几条大汉拥上前去,不容分说,把他捆了个囫囵。

郭新槐搞不清楚是怎么回事,只是大叫大嚷:"我是郭书记的儿子,放开我,我要见我父亲!"

江村长听了忍不住失声大笑:上面正在抓"打击诈骗",现在冒充郭书记儿子的大骗子落在自己手里,这可是个大案要案哪!江村长喜孜孜地带上手下五六条大汉,叫来一部拖拉机,亲自把"诈骗犯"解送乡政府。

郭新槐听说要去乡政府,心想有什么误会到时自然会一清二楚、所以也就不闹了。

不一会儿,江村长带一帮人押着郭新槐赶到乡政府。

比刻,乡政府机关早已下班,值班室的房门敞开,一个老头伏在桌子上正打呼噜。原来老严头送走地区检查组,醉眼朦胧,头重脚轻,走进乡政府值班室,倒头便睡。

江村长看到老严头,一把将郭书记的儿子拖上前去,轻轻拍一拍老严头的肩膀问道:"郭书记,郭书记！哎,我问您,您认识他吗?"

老严头像冬眠的老蛇,半天才动了一下身子,睁开眼睛,打量一会儿,又摇摇头伏倒在桌上。

江村长一见,脸上全是笑,拍一拍郭新槐的脑袋,得意地戏言相问:"他是你老爹?"

"哎……这个……那个……"郭新槐被问得莫明其妙,支吾了半天答不上话来。

"别这个、那个的,还是蹲你的班房去吧!"江村长蓦地把脸一沉,扭着郭新槐就往派出所送。

再说郭书记在房间里睡了几个钟头,酒已全醒,擦了一把脸,喝了一杯茶,刚走出招待所的大门,忽见迎面拥来一帮人,其中一人被五花大绑地押着。

忽然,被押着的人一声喊:"爸——"

郭书记定睛一看,咦,这不是儿子吗?他见儿子被人绑着,心里一急,冲上去嚷道:"喂,你们是干什么的!怎么乱抓人?"

半路杀出个程咬金,江村长怒声喝道:"你是什么人?妨碍我公务,你可要吃不了兜着走!"

"我是党委新调来的郭书记!你们快放人!"

江村长办事谨慎精明,平时他认为没有把握的事,做起来像大姑娘上轿;一旦吃准,他就像李逵闹江州。现在他想:我们刚从郭书记那儿出来,此刻又冒出一个郭书记,这分明是一个诈骗团伙!想到这里,他一声令下,手下五六条大汉拥上去,扭胳膊的扭胳膊,按大腿的按大腿,一眨眼工夫就将郭书记两手倒剪,找根绳子捆了个结实,摁住后领,推推搡搡直往派出所送。

郭书记上任刚三天,这三天又忙着迎来送往,接待来客,派出所的干警都没见过他。最近正在开展"打诈骗、抓流窜"专项行动,干警们见又逮了两个骗子,其中还有一个是冒充郭书记的,个个摩拳擦掌,兴奋无比。

派出所所长在初略听了江村长的汇报后,感到事关重大,忙给县公安局挂了电话,派一辆警车,叫上三四名全副武装的干警,推着郭书记父子俩,就往车后"铁笼子"里关。

郭书记死活不肯上车:"放开我!我真是郭书记!"

有个小伙子见他脾气这么倔,冷不防给了他一拳,郭书记"啊唷"一声惨叫,两腿一软,瘫了下去。父子俩被推进"铁笼子", "咣当"一声关了铁门。

所长挥一挥手，招呼江村长和两名干警挤上车去，警笛一拉直驱县公安局。

警笛呼啸着划破了南桥乡宁静的夜空。

郭书记遭此大辱，还不知道到底是哪块云上下的雨。他一声长叹：两天前还是坐着轿车由县委书记送着去上任，三天还没过，却被当作犯人送回来！

一会儿，车子开到县公安局。

这天晚上，县委书记正好在公安局听取"打诈骗、抓流窜"专项斗争的汇报，听说南桥乡逮了个假书记，早已在值班室等候。

郭书记被推进值班室，一眼看到顶头上司，真是哭笑不得。

此刻，县委书记苦笑着走上前去："老郭呀，你……你这是怎么搞的嘛，两天前送你下去，三天还没过就被押送回来了？"

就在这时，老严头跌跌撞撞破门而入，大喊："错了，错了，你们搞错了！"原来老严头一觉醒来，去向书记报功，却找不到书记，一打听才知道闯了大祸，赶紧叫起秘书驱车赶来。

老严头一到，大家才知道，一切都是冒名顶替引起的。

在一旁的江村长一看，傻了眼：原来当假的两个却是真的，当真的两个，一个是假的，一个是冒的。一想到 10 万元巨款被骗，江村长心口作痛，大叫一声，昏倒在地……

（谢元清）

指纹打火机

华盛县县长马飞扬,今年四十挂零,精明强干,智力过人。不说他与中国人做生意,就是与外国人洽谈,只要对方报个价,他眼皮一眨,就能把成本、毛利报个八九不离十。虽然他连一句外国话也讲不来,出国访问却已经有了四次。

最近,他考察西欧回国,购进一条处理生活垃圾的流水线。在签合约前夕,外商赠送他一盒五件装的白金礼品,里面装了一只白金香烟盒子,一只白金打火机,一只白金领带别针,一只白金细戒和一条白金项链。这五样东西,虽然称不上价值连城,折合人民币起码也得一万元。其中,马县长最最喜欢的是那只白金打火机,它外壳由白金包镶,银光光,亮闪闪,更有趣的,这是只指纹打火机,除了马县长本人,谁也打不旺。

回国后，马县长碰上一个难题，按规定：凡是外商馈赠的礼品，一律上交。如果打火机交上去，由于指纹对不上，别人要用不能用；而自己能用又不让用，岂不可惜？为此，马县长劳心费神，开动脑筋，总算被他想出一个应付办法。

两天后，他把一只香烟盒子、一只打火机、一枚领带别针，交到纪委林书记面前，说："老林，这些东西是一位外国朋友送给我的，我现在交给组织上处理。"

林书记是老实巴交的庄稼汉，他对眼前这三件银光光、亮闪闪的东西瞧了瞧，心想：这些东西能值几个钱？都是些小玩意儿。便说："既然是外国友人送的，也是人家的一份情意，你就收下吧！"

马县长闻言，正中下怀，可他嘴上却说："老林，这样留下恐怕不妥当吧？""嗨，这又不是金子、银子打的，充其量是不锈钢的，能值几个钱？"

马县长见老林把白金误当不锈钢了，真是喜出望外。幸亏自己没把项链、戒指交出去，要是见到了戒指和项链，林书记还会把它当作不锈钢吗？现在有纪委书记一句话，他便大模大样地把打火机、香烟盒、领带别针收藏起来。

大凡人都有这么个脾气：得了宝，想显宝。马县长有了这么一件稀世之宝，他时时处处想显露一下。因此，无论是亲朋好友，还是同僚袍泽，只要求他搭车，他非但竭诚欢迎，而且慷慨赠烟。每当他掏出打火机点烟时，总听到声声赞叹。马县长在人们的赞赏声中，精神上得到了一种满足。

再说为马县长开小车的司机羊灵杰，他虽然没摸过、也没用过这只特殊的打火机，但是在马县长面前听得多了，对这只打火机的特殊功能倒也能背出来。羊灵杰一没职称，二没级别，可他的住房与局长一个待遇：三房一厅。受马县长如此厚爱，因此他开车时，不管马县长在车厢内谈论什么，他的耳朵是没有电源线的录音机,他的嘴巴是没有喇叭的扩音机,任何人别想在他嘴中挖出情报来。

不过,小羊患有与马县长同样的毛病:好炫耀夸口。每当头儿们开会,停车场便成了小车司机的天下。他们三五成群,讲山海经,摆龙门阵,各自将自己从"坐车人"那里听来的片言只语,当作最新消息来传播。今天,头儿们在省府开会,小羊被小车司机们围在当中,他唾沫乱飞,绘声绘色地介绍马县长的那只指纹打火机。偏偏听者中有人不信,反问道:"点香烟用的打火机,又不是高级仪器,要凭指纹干什么?"羊灵杰见他们少见多怪,头一歪说:"你们不信?马县长已经答应我,他下次出门也给我带一只回来,到那时候,我让大家开开眼界。"

羊灵杰趾高气扬的神情,惹恼了一个人。谁?铁副省长的驾驶员小朱。这位副省长大号铁觥坚,其人名副其实,非但本人是"铁公鸡"一毛不拔,连他下属的"毛"也被他拔光。有一次会议结束,大会秘书处送给小朱一只搪瓷烧锅,铁副省长知道了,一定要他退出来,说:"你受了礼,别人还以为是我的意思。清廉之风何时才能发扬光大?"结果,小朱只好乖乖地把那只已经到手的烧锅又退了回去。同样为头儿们开小车,娘胎没投好,只好一世穷,所以打这以后,这班司机空下来就发牢骚,发泄肚中的怨气。

很快,马县长那只指纹打火机的事传到了铁副省长的耳朵里。那天,副省长脸色铁青来到驾驶班,问小朱:"你们传的那只打火机,是不是亲眼目睹过?有没有真凭实据?"小朱两眼一眨,说:"只听马县长司机小羊说的,没亲眼看到过。""单凭道听途说议论一个县长,这叫自由主义,如果群众听到了,会怎么想?今后,有根有据的问题,你们可以举报,受奖。如果再犯自由主义,我可要处分你们了。"小朱满腔怨气:好处一份没捞到,还受了一包窝囊气。

　　这位铁副省长对马县长是有特殊感情的。自从老马到了华盛,华盛县连续三年是全省的首富县。上个月,他秘书来报告:由马县长签约引进的处理生活垃圾流水线安装完毕,却不会运转。与外商交涉,外商称:合同上写明只买产品,不买图纸。如果请他们来安装,他们保证流水线能正常运转。可是,买条流水线只有 15 万,可安装的人工费和技术转让费却要 25 万。铁副省长调来了原来的合同书一看,心想:一向精明的老马,怎么会上这个当呢?也许是一时疏忽,结果他把手一挥,25 万便当作学费付了出去,这件事也就不了了之。最近,新兴县改为县级市,可缺少一位市委书记。省府、省委两套班子多次研究,打算调马县长去那里当书记。眼下,调令还没下去。唉,一个瓶子一个盖,要把瓶盖配齐.配准了,可真不容易啊!

　　五天之后,省府召开会议。

　　开会那天,马县长一进会场,铁副省长就招呼道:"老马,来,坐到我这来。"说着,他挪动身子,让出个座。待马县长坐下后,他问:"老马,我们打算调动一下你的工作,思想有准备吗?"马县长早听说新兴市少一位市委书记。自己虽然是华盛县主持日常工作的县长,实际上是副职。到了新兴市,那儿是正儿八经的市委书记,自己可以升为正职,他当然高兴,嘴上却说:"我们当干部的像棋盘上的子儿,听凭你们弈、摆布。"

　　"好,爽气!"说着,铁副省长掏出香烟,丢一支给马县长,马县长连忙拿出打火机,"嚓"给副省长点烟。不料,副省长见他的打火机与众不同,外壳银一片,火光红一点,只有火光,不见火苗。他不忙着点烟,把打火机要了过来,左看右看,随手"嚓"地打了一下,没有火光。再来第二下,"嚓"地一声,火光仍没有。他一气之下说了声:"绣花枕头一包草,中看不中用的东西。"说着,随手把打火机朝桌子上一丢。

　　马县长拿起那只打火机说:"铁省长,人忠事主,物随人意。

我对领导忠贞不贰,这只打火机对我也耿耿忠心。不信你看——"他"嚓"地一声,打火机头上竟亮起一点红光。铁副省长接过打火机,红光又熄灭了。"老马,你在搞什么名堂?""铁省长,这是一只白金指纹打火机,有我的指纹才发火。""真的?这样高级的打火机,多少钱一只?""没有两千元,休想搬动它。"

一语惊四座,不少县长闻言,都伸长了头颈。马县长自知失言,可是,说出去的话,就像泼出去的水,射出去的箭,已无法收回,他额头上渗出了冷汗,沉下头一言不发。

铁副省长又问:"老马,这只打火机不是掏腰包买的吧,哪儿来的?"马县长知道今天这关口难过了,喃喃地说:"外商送的,我上交过,是老林同意后我才留下的。""外商给你几样礼品?你给老林看过几样?有没有说明这礼品是白金的?"

原来那天,铁副省长听了司机们的议论,曾派人去作过调查。当初原以为马县长与外商签合同是一时疏忽,在合同上被外商钻了空子,调查结果没想到是马县长受了外商的贿赂,只好听凭外商的摆布。眼下,这件事又被自己证实了,他不无痛心地说:"马飞扬同志,你想过没有,你收受了人家万元的礼品,可是国家却为你多付了25万元的'学费'。我只能调动你的工作了,请你掂一掂这其中的分量……"

"啊?"马县长愣住了,他望着手里这只精致的指纹打火机,想赖也赖不掉,打火机上留着自己的指纹啊……

(黄宣林)

有理说不清

　　中原县城区治安联防队队长胡伦,这天闲得无聊,正坐在办公室内吞云吐雾品香茶,看着"参考"打哈欠,忽听院里响起脚步声,他抬头朝外一瞧,只见一个二十出头、留小胡子的小青年,怀抱一个沉甸甸的大纸箱,气喘吁吁走进院子,东张西望像在找什么人。

　　胡伦觉得这家伙挺怪,便隔着窗子大声道:"哎,你抱着个大纸箱干啥呐?"

　　小青年一听屋里有人,喜出望外地闯了进来,把怀中抱的大纸箱往胡伦的办公桌上"咚"一放,擦擦额头的汗说:"我是来找联防队的。"

　　胡伦看了他一眼,说:"我就是队长,有什么事你说吧!"小青年闻听乐了,道:"你就是头?那太好了,我是来报案的。"

听说是报案的,胡伦一本正经坐回办公桌后面,打着官腔问:"你丢什么东西啦?""丢东西?"小青年被问得一愣,随即回答,"不不,你误会了,我什么也没丢。情况是这样的。"小青年讲明由来。

原来,这位名叫肖刚的年轻人,在环城西路捡到一台包装完好无损的彩电,他在那里守了一个多小时,见无人前来认领,便只好把彩电抱进城区治安联防队,想请他们帮忙寻找失主。

"噢,"胡伦听完肖刚的讲述,拍了拍捆扎完好的大纸箱问,"是这台吗?"

肖刚如实回答:"没错,是这台。"

胡伦道:"打开纸箱,让我看看。"

肖刚"哎"了声,顺从地打开纸箱。胡伦一看,果然是台崭新的 21 英寸电视机。胡伦对家用电器见识多了,对这玩意儿,一眼就看出门道,赞不绝口地评论起来:"哟,还是进口彩电呢,这儿还有自控装置!"

肖刚一旁见了,拍拍手上的尘土,道:"胡队长,这东西交给你们啦,失主这头就归你们找了,我可没事了,回啦。"说完就转身想走。不料他前脚刚迈出门,就听身后一声喝:"你给我站住!"

肖刚心里"别"一跳,回首看着胡伦问:"怎么啦?"胡伦问道:"你捡彩电时有人看见吗?"肖刚摇摇头:"没人瞅见。""就你一人?""就我一人。""你是党员吗?"

肖刚挺奇怪,心想:这捡东西交公,和党员不党员有啥关系?不由纳闷地问:"你问这有啥关系?""关系大咧。"胡伦口气硬邦邦地说,"你可要老实地回答我,是或者不是,不许撒谎。"

肖刚迫于无奈,只好说:"我、我不是。"胡伦又问:"是团员吗?""也不是。"胡伦再问:"那你在哪个单位工作?"

肖刚有些不乐意了,道:"我没工作,在家待业,咋啦?"

"哈哈哈哈,"胡伦笑了,笑得肖刚有点莫名其妙,不解地问道:"你,你笑啥?"

"我笑再狡猾的狐狸也斗不过好猎手。"胡伦一字一板,神情古怪地瞅着肖刚,仿佛已经把他看透了似的。

肖刚听出他这话是门神里面卷灶神——话中有话,不禁有些恼了,问道:"你这话是什么意思?"

胡伦走到肖刚跟前,说:"莫瞧你这个待业青年,觉悟可真不低呀,捡台彩电主动来交公,我得查查是不是捡的,你先在这呆几天。"

真是见鬼了,肖刚一时竟连话也说不出。他满以为,捡了台彩电交到这里来,不说自己上广播登报纸,起码也能受个口头表扬。谁知这位队长糊里糊涂,皂白不分,这会儿还要把自己扣下。早知如此,我还不如捡回家省事哩!可事已至此,后悔已晚。他急得跺脚说:"你凭什么要我在这呆几天?难道我拾东西交公还是犯了法不成?"

胡伦完全不理睬他这一套,说:"最近正在严厉打击各种刑事犯罪,你说这东西是你捡的就是你捡的啦?我会相信你一面之词?你们这号把戏我见多了。"

"啊!"肖刚大惊失色道,"你意思这彩电是我偷的?"

胡伦不阴不阳地说:"人心隔肚皮,这事儿没准。不过,话又说回来,心里无冷病,不怕吃西瓜。反正你正在家中待业,回去又没啥事干,呆在这里跟呆在家里一样嘛。等失主来领走彩电,就证明你是清白无辜的,你也就可以走了。"

肖刚长这么大,还是第一次遇这号事哩!他见眼前这位队长毫无开玩笑之意,倒也有点六神无主了,他问:"那要我在这呆几天?"

"没准儿。"胡伦挠挠头皮挥挥手,"少则三四天,多则半个月。""好吧,"肖刚神情沮丧地问,"那我吃饭问题咋办?""这事好办,只要你告诉我家庭地址,我会通知你父母给你送。"

"这真是倒了血霉了。"肖刚小声地骂一句,迫于无奈,只好说出家庭住址:"我家住北大街文明巷9号,我父亲叫肖志华。"

"文明巷9号肖志华。"胡伦掏出笔,鬼画符般在手心里记了几个他自己才认得的字,然后打着手势对肖刚说:"随我来。"

他将肖刚领进后院一间又黑又潮的小屋,还加了把锁,这才神采飞扬地回到办公室。要知道:他到治安联防队半年多了,除了巡逻查夜收治安费,联防队五六个人一点作为也没有。他早想抓个大案要案,在上级领导面前也好露一手,可一直难以如愿,今天这小子抱着彩电自投罗网,真是天助我也。什么捡的,纯粹是胡说八道糊弄人。要真是捡的,他还不早抱回家去啦?俗话说:捡到等于买到嘛。一定是偷的,瞎闯瞎闯,闯到我的枪口下了。哼哼,瞧他那模样就不是个正经胎子,说不定这小子刚才报的名字地址都是假的。对,何不打电话去北大街办事处问问?

想到这里,胡伦伸手抓起桌上电话:"喂,你是北大街居委会办事处吗?我是城区治安联防队。请问你们那儿文明巷9号有个叫肖刚的年轻人吗?有?这个人平时表现怎么样?挺不错?什么事你别打听,到时准会吓你一大跳。"

"叭"他神秘地放下电话,自言自语道:"这名字还是真的,不中,我得去见见他父母,告诉他们来给这小子送饭。"

时间一晃,肖刚在城区联防队呆了两天。到了第三天中午,有人找到治安联防队来领彩电了。

失主是个三十出头、戴着宽边近视眼镜的文静小伙。他见了胡伦,递上一支红塔山,满脸感激地自我介绍说:"同志,我叫肖强,是百货公司采购员。两天前,我在城西火车站,押了一车21英寸进口彩电,回仓库交货时发现少了一台。我想一定是没装好,在路上丢了,就四处打听,寻找了两天没找着,寻思这东西丢定了,三四千元钱也赔定了。没想到,听说你们这儿有人捡到一台,就赶来认领。喏,这是我的工作证。"

胡伦接过工作证仔细看了看,又还给来人,指着办公桌上插着电源的彩电问:"是这台吗?"戴眼镜小伙上前瞅了瞅,惊喜地叫道:"不错不错,就是这台。"

胡伦笑眯眯地说:"既然是你们百货公司的,那你就领回去吧!以后拉货可要注意点,再不能马马虎虎了。""是是。"戴眼镜小伙点头如鸡啄米。末了,他将彩电上的电源插头拔掉,装进纸箱包了起来,边包边问:"捡彩电的人呢? 让他出来,我好当面谢他呀。"

"嘿!"胡伦一拍大腿,"你早不说,我还差点忘了呢,他已在我们这儿呆两天了。你等着,我这就去放他。"

不一会儿,胡伦领着垂头丧气的肖刚出现在失主面前。肖刚看见失主,惊愕地瞪大眼睛,刚说个:"你——"就被戴眼镜小伙用眼色制止住:"小伙子,你的事,胡队长都向我说了。拾金不昧风格高,佩服,我实在佩服得很,我一定要重重谢你哩。"

"呃呃——"肖刚一脸的不解。

"哈哈,还不好意思呢,"眼镜小伙笑着说,"我把彩电抱回外面车上等你。"

"我——"肖刚还愣在那里,一会瞅瞅眼镜小伙的背影,一会瞅瞅胡伦。

胡伦迷惑地问:"年轻人,你真不是党员。"

他这一问,把肖刚问醒了,他回过神来,眼睛一瞪:"不是。"

"也不是团员?"

肖刚火了:"不是,不是! 怎么啦?"

胡伦摇摇头苦笑道:"那你的做法太超常,太令人不可思议了!"

"超常和不可思议的事多了。"肖刚愤愤地问,"我可以走了吗?"

"可以,可以。"胡伦一挥手,"这事还望你老弟多多包涵,得罪之处切莫见怪。你走吧,我也有要事去办。"说罢,送神似的将肖刚送出门外。

肖刚一出大院,走上街道,就听眼镜小伙在一家饭馆门口叫:"肖刚,到这儿来。"

肖刚三步并着两步跑过去,说:"哥,你什么时候回来的。"

原来,这戴眼镜小伙是肖刚的哥哥,叫肖强。

肖强说:"出差刚到,就听爹说你出了这样的事,这不匆匆忙忙就来了。"

肖刚埋怨道:"那你怎么冒名顶替,领别人的彩电呢?"

肖强神秘地向联防队方向看了一眼,说:"兄弟,我不冒名顶替,把彩电抱走,你能顺顺利利出来吗?"

肖刚"哦"了一声,点点头:"也是个理儿。"

"唉!吃一堑、长一智吧。"肖强长叹一声,拍拍肖刚的肩膀说,"如今好事难做。尤其是进了这种地方,遇到是非不分的人,你有理也说不清。弟弟,这两天你受委屈了,我叫了几个菜,犒劳犒劳你。"

肖刚一脸担忧,指着脚边的大纸箱问:"那彩电咋办?"

肖强看出了弟弟的心思,直截了当地说:"放心,我不会拿回家当自己的。吃完饭,我把它抱到百货公司去,交给单位保管,然后到报社登个失物招领启事,等失主找上门来,给他就中。"

肖刚叹了口气:"唉!我真傻,怎么没想到这一层,稀里糊涂被人扣了两天呢!"

(刘金泉　田俊豪)

一物降一物

　　东乡电管站站长董湘吾，人称"东乡虎"。每年春节，各村各寨大小企业，凡是用电的，都得请他吃喝一顿，谁要是少了这顿酒宴，到了关键时刻，他就掏钥匙打开配电室门，"咔嚓"一拉电闸，保管叫你光明一片转为黑暗。

　　话说张村有个叫严力行的年轻村长，偏偏不信这个邪。他年初上任，到年底了还不邀请董湘吾来检查指导，这一下可摸了老虎屁股。

　　这不，董湘吾吃到腊月二十五，酒肉断顿，一肚子怨气全泄在严力行身上："好你个姓严的，你一带头，断了我五天好吃好喝，我不给你点颜色瞧瞧，你不知道马王爷长了几只眼。"

　　这天天一黑，董湘吾就带着钥匙，来到张村，打开配电室门，一伸手"叭叭"两下,把张村的照明电、动力电全拉了,可怜张村家家户户只好点蜡烛、煤油灯过一个晚上。

这事儿急坏了村长严力行,照明用电停了,可以点蜡烛煤油灯;动力电停了,那可不是闹着玩的。村办企业用电扔在一边不讲,单说全村三千多口人吃水都无法解决,南北两个大水塔,没有电,怎么抽水呢?

村民们没水吃,急得嗷嗷直叫。有的骂东乡虎横行霸道,做事缺德,腊月黄天停村里的电;有的埋怨严力行做事死板,为了一顿酒席钱,得罪东乡虎不值得。更多的人干脆给严力行出主意:"他不给我们村供电,我们就联名告他!"

严力行从电一停,就知道是董湘吾上门找茬了。这天一大早,他就赶到电管站找董湘吾:"董站长,你能不能把电先给我们供上?"

董湘吾呷上一口刚泡上的热茶,一句话把门封得死死:"不行,你们村线路有问题,春节供电不安全;暂时不能供电。"说完,满脸露出古怪之色,看着严力行。

严力行明白他打官腔是等待着自己开酒肉宴席,所以故意赔笑脸绕弯子说:"有问题,你马上派两个人跟我去枪修嘛。"

董湘吾鼻孔里哼了一声:"检修?人在哪儿,今天都腊月二十八了,站上人除了值班的,都放假回家办年货了,谁知道三五天修得成修不成。等过了正月初五再说吧!"

好!算你厉害。严力行知道再求下去也是白搭,只好一跺脚走出董湘吾的办公室,站在院子中心扔下一句话:"我们明天电力局见。"

董湘吾望着他远去的背影,得意地说:"愿告你去告吧!线路有问题,告到局长跟前也得检修好了才能供电。"

可好,张村又一晚上摸黑。

不出董湘吾所料,第二天早晨他刚上班.张村就来人了。不过,来的不是村长严力行,而是村敬老院一位八十高龄、走路颤巍巍的李老头。

董湘吾一见老人手中拎着个鼓鼓的小布口袋,拄着龙头拐杖,蹒跚地走进自己办公室,便有些吃惊地问:"老李头,你来干啥?"

李大爷把布口袋往董湘吾的办公桌上一顿,冲董湘吾作了一揖,说:"董站长,我来求你给我们村供电了。"

董湘吾的火"嗖"地窜上脑门:"癞蛤蟆打呵欠——好大的口气。老李头,家有家长,村有主任,要找找你们严村长去。"

老李头来了个直言不讳:"我们严村长已上电力局告状去了,不在家。"

董湘吾更是来火了,他叫道:"好哇,现在就是天王老子来,我也不给电!"

董湘吾暴跳如雷,哇哇乱叫,李大爷却趁势挪过一把椅子往他办公室门口一堵,坐在椅子上摆出了一夫当关、万人难进的架子,说:"你不答应给电,那我就只好不走了。"

董湘吾从办公桌下抓出一个暖水瓶,说:"那好,你在这等着,我去弄壶开水来,咱爷俩边喝水边聊天,陪你坐到大年三十也行,反正,你又坐不垮我们这地皮。"

谁知,他刚走到门口,就被李大爷一伸手拦住:"哎,你今天不能出这个门,更不能去灌开水喝。"

董湘吾一脸诧异:"为啥呀?"

李大爷说:"我们村三千多口人没水吃都不给电,这会儿你一个人渴点算个啥?"

这算什么话!堂堂一个东乡虎,居然让敬老院一个糟老头子软禁了,这还了得?

董湘吾不禁勃然大怒,朝门外一声吆喝:"来两个人,把这个糟老头子给我架走。"

还没等应声而来的两个电工靠近,李大爷"噌"地往起一站,哈哈大笑道:"来呀,你们谁把我这个糟老头弄趴下了,我不愁没儿女伺候养活了不说,说不定连安葬费也给村里省下哩。嘿嘿,你俩退回去干啥?"

不软不硬的威胁,不但吓退了欲上前帮忙的两个电工,也给董湘吾敲了警钟:对,这个孤寡老头是万万碰不得的。你碰他胳膊,他会说腿疼,摸一下肚皮,他说心脏都有毛病,不能玩。又一想,自己年轻力壮,还挺不过一个糟老头子吗? 不由挥挥手,让电工回去,自己稳稳地坐回办公桌后面,隔着桌子和李大爷对峙起来。

董湘吾哪里料到,李大爷之前是吃饱了肚皮、喝足了水来的,而他早晨起来却水米没沾牙,加上闲得无聊一支支地抽烟,两三个小时过去,已觉得口干舌燥,头昏眼花了。

一直挨到站上开中午饭,董湘吾这才站起来招呼老人:"李、李大伯,我们都去吃饭吧,吃饱了肚子,你再和我来打憋劲也行。"

李人爷不慌不忙,将办公桌上的小布口袋一推,说:"哪能让董站长饿着哩,你的中午饭,我们敬老院昨晚都给你准备好了。喏,拿去吃吧。"

董湘吾半信半疑打开口袋,一看就傻眼了:"怎么。你、你让我吃炒、炒面?"

李老头振振有词:"三千多口人都快吃炒面了,怎么你吃不得?"

"这——"董湘吾正满脸沮丧,无言以对时,李大爷的背后来了位没门牙的老太婆,也拎着个小布口袋走进办公室,将小布袋朝他办公桌上一放,转过身对李大爷说:"老李头,我来换你的班了,快回去吃饭吧。"

"好,"李大爷点点头,站起身一本正经地关照道,"小香子,你可别心慈手软放他出去喝水吃饭哟。"

被唤作小香子的老太婆，咧开没牙的嘴说："老李头，我不会亏待董站长的，他不吃炒面，就请他吃炒米。按我们合计好的，什么时候供上电，什么时候再让他去喝水。反正我们敬老院六个孤男寡婆，平时老受村里人恩待，又没啥报答，这一回逮着了机会，哪能忘恩回去？你回去叫老王头，四点钟准时来换我。"

两位老人在门口一唱一和，董湘吾听了暗暗叫苦。听这口气，张村敬老院这六个糟老头死老婆，是想和自己打持久战啊！这些人，一个个黄土都齐下巴半死不活了，和他们硬上，招惹出个三长两短，有好果子吃吗？加上现在渴了饿了大半天，董湘吾浑身如油条泡进豆浆里——全软了，没等老李头走到大门口，就推小车扭屁股——不由自主跳起来，气短声急地喊："李、李大爷，别、别走，我马上带人去给你们村推闸刀供电，千万别回村再叫人来了。"

等严力行到县电力局告完状赶回村里，村里的水塔正汩汩进水哩！当他得知，是敬老院的老人想出的办法，不由来到敬老院，一一握着六位老人的手，感动地说："嗨，我到县电力局告状一时都难解决的问题，叫你们半天时间就解决了。这真是卤水点豆腐——一物降一物呀！"

说得大伙哈哈大笑起来。

（刘金泉）